Lady Grace

Titre original : *The Lady Grace Mysteries – Assassin*

87, quai Panhard-et-Levassor – 75 647 Paris Cedex 13
ISBN : 978-2-0812-6509-7

Lady Grace

Extraits des journaux intimes de Lady Grace Cavendish

(tels que découverts par Patricia Finney
et traduits de l'anglais par Aurélia Lenoir
et Rose-Marie Vassallo)

Flammarion

Pour Meg,
avec toute ma gratitude

LIVRE PREMIER

Un assassin à la cour

Hautement secret et privé.

Journal de Lady Grace Cavendish,
demoiselle d'honneur
de Sa Gracieuse Majesté
la reine Élisabeth, première du nom.
Chambre des demoiselles d'honneur
Corridor supérieur, angle est
Palais de Whitehall
Westminster
Middlesex
Royaume d'Angleterre

Le treizième jour de février,
en l'an de grâce 1569.

Je suis censée me servir de ce beau cahier neuf pour y écrire chaque jour mes prières et mes examens de conscience. C'est ce que m'a dit Mrs Champernowne en me l'offrant pour étrenne. Elle a même ajouté que je pourrais orner le dessus d'une jolie broderie – et c'est bien ce que je compte faire, car j'adore composer des motifs à l'aiguille. Mais faut-il vraiment noircir ces pages blanches de repentirs, de *mea culpa* et autres radotages, comme si j'étais Lady Hoby ? Ce serait d'un ennui !

De toute manière, des péchés, je n'en commets guère de bien gros, sauf peut-être déchirer ma robe en sautant du haut d'une souche. Et perdre mes affaires, aussi. Voilà d'ailleurs pourquoi je n'avais pas encore écrit une ligne sur ce cahier : il s'était fourré sous mon lit et je l'avais un peu oublié. Mais à présent que je l'ai retrouvé, je sais bien ce que je vais en faire : je vais *tout* écrire dedans. Ce sera un livre sur moi, Lady Grace Cavendish, demoiselle d'honneur de la reine. Un livre sur ma vie et sur tout ce qu'il me plaira d'y mettre. Pourquoi pas ?

La personne que j'aime le mieux au monde (hormis ma chère mère qui nous a quittés, Dieu ait son âme), c'est Sa Majesté la reine. Elle est un peu vieille, c'est vrai – mais gare à ne pas le dire devant elle, elle vous jetterait son soulier à la tête ! Elle a trente-six ans. Même pour une grande dame comme elle, c'est déjà bien tard pour se marier et avoir des enfants – en tout cas, c'est ce que marmonne Mrs Champernowne quand elle croit que nul ne l'entend. Mrs Champernowne, à mon avis, a un écheveau de laine en lieu de cervelle. Quand on est reine, pourquoi se marier ? Pour obéir à un roi ? D'ailleurs, pourquoi se marier tout court, tant qu'on n'y est pas contrainte ?

Las ! moi, j'y suis contrainte, justement. La reine en a décidé ainsi.

Demain, mon cœur battra très fort, plus fort que jamais à ce jour. Sa Majesté donne un grand bal pour la Saint-Valentin. Et moi, il me faudra faire mon choix entre les prétendants qu'elle a choisis pour moi. Ils sont trois, et celui que j'élirai deviendra mon promis – mon fiancé, autrement dit. Ensuite, les hommes de loi prépareront les contrats, et le mariage aura lieu quand j'aurai mes seize ans sonnés. (Ouf ! ça me laisse tranquille pour encore deux ans et demi.) À l'instant même, ces trois gentlemen sont à la cour, prêts pour le bal de demain.

Si seulement je pouvais ne pas me fiancer déjà ! Je me sens beaucoup trop jeune. Mais je suis de noble naissance et n'ai donc pas le choix. Dommage. Si j'étais roturière*, j'aurais jusqu'à mes vingt-cinq ans sonnés.

Mary Shelton vient de passer en ronchonnant. Si j'ai bien compris, Lady Sarah refuse de promener les chiens une fois de plus, alors qu'aujourd'hui c'est son tour. L'occasion est trop belle. J'y cours.

*

* Les mots et noms suivis d'un astérisque sont expliqués dans le glossaire en fin d'ouvrage.

Plus tard ce même jour.

J'écris ces lignes dans mon lit, parce que je n'arrive pas à dormir et que Lady Sarah et Mary Shelton ne sont pas encore montées.

Donc, je reprends où j'en étais…

Mon endroit favori, au palais, c'est le fond du verger, derrière les tas de compost*. En général, j'y vais en cachette, bien sûr. Si les autres suivantes de la reine m'y voyaient, elles le rapporteraient à Mrs Champernowne, qui est la première dame d'honneur. Et celle-ci le dirait à la reine, laquelle serait alors au courant de manière officielle, au lieu de le savoir en fermant les yeux, comme c'est le cas pour le moment.

En fait, quand j'ai envie d'aller là-bas sans me cacher, le mieux est de me porter volontaire pour promener les petits chiens de Sa Majesté. De tout le palais, je suis peut-être la seule à ne pas les regarder de travers, ces pauvres beagles* miniatures. Il faut dire, ils ne sentent pas la rose. Et ils ont tôt fait de vous montrer les dents pour peu que vous leur déplaisiez. Mais moi, je n'ai jamais de soucis avec eux. J'ai l'impression qu'ils m'aiment bien.

Bref, voilà pourquoi j'ai cessé d'écrire, tout à l'heure. Je suis descendue en hâte rejoindre Lady Sarah Bartelmy – Lady Sarah-la-toute-belle, et qui le sait, et qui aime bien que les autres le sachent aussi. Je l'ai trouvée à l'entrée du jardin privé, avec une mine longue de trois pieds pour la seule raison que c'était à elle de faire prendre l'air à ces boules de poils.

Je lui ai demandé ce qui n'allait pas – comme si je n'en savais rien. Elle a poussé un gros soupir et rejeté en arrière sa crinière rousse.

— La reine veut que je promène ses chiens.

Et moi de m'écrier : « Oh ! quelle chance tu as ! », sachant fort bien qu'elle pensait le contraire. C'est un petit jeu auquel nous jouons souvent.

Elle s'est remise à geindre :

— Mais moi, avec ce vent glacé, je vais attraper des rougeurs ! Ma mère m'a envoyé de l'eau de rose et de l'huile d'amande douce pour ce bouton que j'ai là, et je n'ai même pas eu le temps d'en mettre !

Ce n'est pas faux : depuis hier, Lady Sarah a un bouton sur le nez. Mais bon, il n'est pas si énorme. Elle en fait des montagnes, de ses boutons.

Alors je lui ai dit de ma voix la plus douce :

— Je peux les promener pour toi, si tu veux.

Un bref instant, j'ai cru qu'elle allait me sourire. Presque. Puis elle m'a dit, le menton haut :

— Oh ! mais toi, je parie, tu aimes ça, batifoler avec ces boules puantes.

— Il se trouve que oui, j'aime assez. Attends une minute, je cours me changer.

Vite, je suis remontée à notre chambre – celle que je partage avec Sarah, justement, et avec Mary Shelton –, le temps de troquer ma jupe de damas* contre mon vieux jupon de laine, le vert, celui que je mets pour la chasse. Il commence à être un peu court, mais pas question de promener les chiens avec ma jupe brodée de roses. Celle-là, c'est ma mère qui l'a brodée, j'y tiens beaucoup trop.

Je n'ai pas appelé la chambrière, je pouvais me passer de son aide. D'abord, pas besoin de changer de corsage – et les miens se lacent tous par-devant, n'importe comment. J'ai laissé ma jupe sur le lit tant j'étais pressée de filer. J'ai chaussé mes brodequins, empoigné ma cape et me suis ruée dans l'escalier.

Oui, mais là, Mrs Champernowne m'a arrêtée au vol ! C'est elle qui nous supervise, nous, les demoiselles d'honneur, et je crois qu'elle me tient à l'œil. On dirait toujours qu'elle me guette, en tout cas.

— Lady Grace, Lady Grace ! Arrêtez-vous céans* !

J'ai sursauté, bien sûr. Mrs Champernowne est galloise et avec elle on ne plaisante pas. Mais je lui dois le respect, parce qu'elle est au service de la reine depuis plus longtemps que quiconque. Elle servait déjà Sa Majesté quand celle-ci n'était que princesse, du temps où tout le monde pensait qu'elle allait être exécutée. Bref, je me suis arrêtée devant elle et lui ai fait ma révérence.

Ce qu'elle allait dire, je le savais d'avance, et elle n'y a pas manqué.

— Lady Grace ! Quand donc ferez-vous honneur au joli prénom que votre pauvre chère mère vous a donné ? Combien de fois faudra-t-il vous dire de ne *pas* descendre ces marches comme un troupeau de vaches échappé d'un pré ?

Pauvre vieille cloche. Comme si les vaches dégringolaient les escaliers !

J'ai pris mon ton le plus contrit :

— Je suis bien marrie*, Mrs Champernowne.

Je n'étais pas marrie du tout. Après tout, ce n'est pas ma faute si mes semelles ont des clous.

— Bien. Alors descendez po-sé-ment, mon enfant. D'un pas digne. Que dirait Sa Majesté si elle vous voyait caracoler de la sorte ? Ah ! quand donc prendrez-vous exemple sur Lady Sarah Bartelmy ?

Prendre exemple sur Lady Sarah ? Oui da ! et couiner à la première araignée qui passe, et n'avoir rien d'autre en tête que mon teint de lait, mes boucles rousses, et le rêve éperdu qu'un stupide gentleman* écrive un sonnet à la gloire de ma gorge de pigeon. Pouah !

J'ai gardé tout ça pour moi, bien sûr, même si la langue me démangeait. J'ai dit seulement : « Pardon, Mrs Champernowne », et, sur une dernière courbette, je suis repartie le plus gracieusement possible, en pliant les genoux sous mon jupon, de peur qu'elle ne le juge trop court et ne me renvoie me changer une fois de plus. Mais, sitôt passé le coin du corridor, je me suis remise à courir pour rattraper le temps perdu.

Un peu essoufflée, je suis arrivée au jardin privé, lequel est tout guindé, bien ordonné, un peu triste. Lady Sarah m'attendait sous un arbre, son châle sur le nez pour protéger son teint. Elle tirait comme un bœuf sur la laisse de ce pauvre Henri, qui voulait absolument lever la patte sur une vieille racine. Elle a reniflé :

— Tu en as mis du temps !

J'ai répondu, sérieuse comme un juge :

— C'est Mrs Champernowne. Elle m'a surprise à courir, alors elle m'a fait la leçon : elle m'a dit d'être gracieuse comme toi.

Pas sûr qu'elle ait saisi le sarcasme. Je ne sais même pas si elle sait ce que c'est, un sarcasme. Elle a reniflé derechef, m'a tendu les laisses des chiens et s'est éclipsée prestement, de peur que le froid ne gâte son teint précieux.

Pour traverser le jardin privé, j'ai gardé les chiens en laisse – qu'ils n'aillent pas déterrer un buis du labyrinthe, comme la dernière fois ! Ils étaient si contents de me voir qu'ils aboyaient à qui mieux

mieux, et sautaient en l'air ou m'offraient des bouts de bois bien choisis. De mon pas le plus po-sé, je suis passée devant la grande fontaine, encore entièrement gelée, et j'ai gagné le portail du verger.

Un garde de la reine était là – pour empêcher les pommes d'attaquer le palais, je suppose. Il n'avait pas l'air à la fête, la goutte au nez, les yeux rouges. Tant pis pour lui, il n'avait qu'à mettre une houppelande ! Mais non, il aimait mieux se laisser voir, tout fier dans son pourpoint* écarlate, avec ses hauts-de-chausses* bouffants, ses belles jambes gainées de blanc dans de grandes bottes cirées. Parions qu'il espérait que Lady Sarah passerait par là et le remarquerait, lui, si bien fait de sa personne. Tous les messieurs pas trop ventrus ont cet espoir secret : qu'on admire leur prestance.

— Voulez-vous bien m'ouvrir, je vous prie ? lui ai-je demandé avec une révérence.

Il a pris sa clé et, dans un soupir, il a déverrouillé le portail. Pas même une courbette ! Pour Lady Sarah, j'en suis sûre, il se serait plié en deux, ne fût-ce qu'afin de loucher un peu sur sa gorge pigeonnante. Mais bon, moi, de ce côté, je ne fais pas encore le poids. Je l'ai tout de même remercié d'une révérence. Plus vous faites de révérences aux gens, plus ils sont prêts à vous rendre service, je l'ai remarqué. À mon avis, cela vaut la peine de se fatiguer un peu les genoux.

Tout en poussant le battant, il m'a demandé soudain :

— Ne sortez-vous pas à cheval avec Sir Charles, tout à l'heure, Lady Grace ?

Ventrebleu ! j'avais complètement oublié. (Une chance que Mrs Champernowne ne m'entende pas jurer dans ma tête à tout bout de champ.) Bien sûr que si, j'avais une leçon !

Les chevaux, pour être franche, je ne peux pas dire que j'en raffole. Mais Sir Charles est l'un de mes prétendants et, dans l'ensemble, il est plutôt drôle, même s'il est un peu vieux, un peu rondouillard et toujours un brin essoufflé. En vérité, pour le voir à l'aise, il faut lui rendre visite sur ses terres. À la cour, il a toujours l'air vaguement empesé. Mais il séjourne au palais ces temps-ci afin de m'apprendre à tenir sur un cheval. La reine aimerait tant ne pas me voir chuter de ma monture une fois de plus, lors de sa prochaine partie de chasse ! En tout cas, il enseigne très bien. Jamais il ne hausse le ton, il explique les choses autant de fois que nécessaire et surtout, surtout, les chevaux l'adorent. Mais l'avoir pour époux ? Dieu me garde ! (Non, ce n'est pas un juron, j'ai vérifié.)

J'ai répondu en hâte : « Si si, je sors à cheval, mais plus tard ! » et je suis passée vivement, tirée par les chiens surexcités.

Ce qui me plaît, au verger, c'est que tout y est moins bien ordonné que dans le jardin privé, moins tiré à quatre épingles. On y trouve des vieux pommiers, des poiriers, des cerisiers (dans lesquels je peux grimper sans trop de mal, en enroulant mon jupon à la taille), et aussi des groseilliers, des framboisiers, sans parler de quelques fines herbes échappées du potager. Presque partout, on y est invisible des fenêtres du palais.

Invisible ? Pas tout à fait. En réalité, depuis sa chambre, la reine a vue sur un coin de verger si elle se tient juste au bon endroit. Un jour, je le sais, elle m'a surprise à manier l'épée avec un rameau de cassissier et ça l'a amusée, je crois. En tout cas, elle a ordonné que je sois autorisée à pénétrer là et je suis bien la seule. À vrai dire, cette interdiction, c'est surtout pour empêcher mes compagnes plus âgées d'y rejoindre leurs soupirants ; parce que, comme le dit la reine, « ces têtes de linotte seraient bien capables de gâcher toute une vie pour un petit médaillon sans valeur ou un quatrain mal tourné ».

Sitôt à l'abri des regards, j'ai commencé par aller voir où en est certain cerisier, que j'aime beaucoup parce qu'il me rappelle ma mère. Je ne veux pas rater sa floraison, qui est juste de la même couleur qu'une robe de soie qu'elle portait l'été. Mère est morte il y a un peu plus d'un an – morte en sauvant la vie de Sa Majesté. Et elle n'était pas comme les autres mères que je connais, grincheuses, exigeantes et sévères. Elle était la douceur même.

Mais le printemps n'est pas assez avancé. Mon cerisier garde encore ses bourgeons bien serrés.

J'ai détaché les chiens et ils ont filé à toute allure sur leurs petites pattes fourrées, en aboyant à l'envi. Oh ! je savais où ils allaient. J'avais repéré un filet de fumée du côté des tas de compost, tout au fond du verger, près du fleuve. Avec de petits cris aigus, ils ont disparu tous les quatre derrière le tas le plus proche, et presque aussitôt j'ai vu Henri resurgir avec quelque chose de bleu dans la gueule, une balle de jongleur toute brillante de paillettes. Et j'ai entendu une voix, une voix chantante et familière, qui admonestait le beagle royal :

— Holà ! vile créature, veux-tu bien lâcher ça ! Rapporte ça tout de suite, enfant de Satan !

C'était Masou, mon meilleur ami – et le meilleur acrobate de la cour, du moins à l'en croire.

J'ai retiré la balle du museau baveux et j'ai contourné le tas de compost pour gagner la cachette que nous nous sommes aménagée, Masou, Elsie et moi. (Elsie, c'est mon autre meilleure amie, elle est lingère.) À première vue, on jurerait un tas de compost comme les autres, mais par-dessous c'est notre cabane.

Naturellement, avec Elsie et Masou, je dois tenir notre amitié plus ou moins secrète, sans quoi ils risqueraient de gros ennuis (bien plus que moi !) pour n'avoir pas su « se tenir à leur place », comme dirait Mrs Champernowne. Je déteste les voir obligés, en public, de me faire des tas de courbettes, et j'ai du mal à ne pas pouffer de rire quand Masou me glisse des clins d'œil. Au fond du verger, au moins, pas besoin de courbettes ni de manières.

Ces lignes sur notre cachette, je voulais les écrire avec du jus d'orange de Séville, afin qu'il ne soit lisible que chauffé à la flamme de bougie. On appelle ça de l'encre sympathique, je crois. Mais quand je suis passée à la cuisine, il n'y avait plus une seule orange, elles ont toutes fini en marmelade. Dommage. Il va falloir que je tienne ce cahier hors de portée des indiscrets.

Masou avait allumé un petit feu devant l'entrée de notre cachette – pas de problème pour la fumée parce que, de toute manière, le compost, bien souvent, ça fume un peu quand ça fermente. Il faisait griller des écrevisses qu'il avait pêchées je ne sais où et embrochées sur des bouts de bois. Pendant ce temps, Elsie réchauffait au-dessus des braises ses pauvres mains gercées. Elle travaille à la lingerie du palais et, comme elle est orpheline, c'est là qu'elle dort aussi, dans l'une des pièces où est rangé le linge. Elle ne mange pas toujours à sa faim, je crois, et je me sens un peu coupable à l'idée qu'elle travaille si dur et moi pas. J'aurais voulu la prendre comme chambrière, elle se serait occupée de mes robes. Mais mon tuteur, Lord Worthy (c'est lui qui administre mes biens), a décrété que c'était une dépense inutile. Voilà pourquoi je partage Fran avec mes compagnes de chambrée.

Tout en surveillant ses écrevisses, Masou jonglait nonchalamment avec deux balles de chiffon, une rouge et une jaune. Je lui ai lancé la bleue, il l'a rattrapée comme si de rien n'était et il a continué à jongler en ajoutant un couteau dans la danse, puis une tasse, puis une cuillère en corne. Je l'aime vraiment bien, Masou. Il est plus petit que moi, quoique sans doute du même âge, et il a la peau foncée, couleur de bois ciré, parce qu'il vient du sud, de très loin. Sa tunique d'acrobate de la cour est faite de dizaines de pièces de velours et de brocart*, de toutes les couleurs ou presque. Ces tuniques-là, il en a deux : une vieille, un peu râpée, pour les jours ordinaires, et une toute neuve, toute belle, pour ses numéros devant la reine.

Les chiens sont revenus vers nous, bondissant et jappant à tue-tête. Elsie a cueilli Éric sous le ventre pour le caresser un peu, puis elle a épousseté les traces de pattes sur son tablier. J'ai vérifié que, dans ma poche de jupe, j'avais bien glissé les deux petits pains et le sucre candi mis de côté pour elle.

Masou a saupoudré de poivre les écrevisses, puis Elsie et lui se sont mis à les décortiquer pour en dévorer les entrailles. Je les ai regardés faire. Manger de ces bêtes-là ? Merci ! ça a beaucoup trop de pattes pour moi.

J'ai demandé à Masou :

— Au fait, pour le bal de demain, quel numéro comptes-tu nous présenter ?

Il a feint de se prendre le cou à deux mains.

— Secret d'État. Si je le disais, ce serait le gibet.

Tout ce que j'en sais, de mon côté, c'est que la reine a prévu pour moi une charade ou une devinette à résoudre durant la fête. À la cour, j'ai ma petite réputation pour ce genre de jeux. L'idée de celui-ci m'émoustille, bien sûr, mais me donne un peu le vertige aussi. Et si je ne trouve pas la solution ? Alors, soudain, je me suis dit que peut-être Masou pouvait me mettre sur la piste. Après tout, les potins de la cour, la troupe royale les connaît souvent avant tout le monde – surtout lorsqu'il s'agit d'une fête.

J'ai tenté ma chance :

— La reine m'a dit qu'elle prévoyait pour moi une petite énigme à résoudre. En sais-tu quelque chose, Masou ?

Les mains sur le cœur, il a ouvert de grands yeux.

— Moi ? Un pauvre acrobate ?

— En tout cas, a glissé Elsie, Lord Robert s'est lavé en grand pour demain. Il est allé aux bains, hier au soir.

J'ai pouffé de rire. Lord Robert Radcliffe de Worcester est le deuxième de mes trois prétendants. Apparemment, il tient à présenter bien – et à sentir bon.

— Oho ! s'est moqué Masou. Son cœur brûle pour la gente Lady Grace, et seule l'eau du bain peut calmer ce feu !

Moi, pour calmer Masou, je lui ai décoché une touffette d'herbe déterrée d'un coup de pied.

— Prendre un bain, je trouve ça prévenant, moi, de sa part, a décrété Elsie. Ça fait très gentleman. Surtout qu'il ne peut pas se payer d'habits neufs, ces temps-ci – pas avec tous ces créanciers à ses trousses. Tout le contraire de Sir Gerald Worthy. Lui, il aura chemise neuve, pourpoint neuf, haut-de-chausses neuf et tout et tout. Je le sais, j'ai repassé ses habits.

Sir Gerald Worthy, c'est le neveu de mon tuteur et mon troisième prétendant. Je ne l'ai encore jamais rencontré, il voyageait à travers l'Europe. Lord Worthy n'a pas eu d'enfant et sa femme est morte toute jeune. Sir Gerald est son unique héritier, ce qui en fait un bon parti, à ce que j'ai cru comprendre. Il semblerait qu'il soit bien fait de sa personne, mais pour l'heure c'est tout ce que je sais de lui.

Je m'apprêtais à demander à Elsie si elle en savait un peu plus, mais c'est alors qu'on m'a appelée depuis l'entrée du verger.

J'ai bondi sur mes pieds, et les chiens se sont mis à aboyer, comme nous le leur avons appris. Vite, Masou a étouffé le feu sous un peu de terre, Elsie s'est hâtée d'engloutir sa dernière bouchée et tous deux se sont coulés dans notre cabane secrète tandis que j'accourais au portail.

Comme de bien entendu, c'était Sir Charles Amesbury, sa bonne face ronde toute rougie par le froid.

— Venez, jeune lady, m'a-t-il dit en se lissant le ventre, peut-être dans l'espoir de le faire rentrer un peu. Pour être à l'aise sur un cheval, il faut monter tous les jours, vous savez. (Il a souri, heureux, à la vue de mon jupon vert.) Ah ! vous avez songé à vous mettre en tenue, à ce que je vois. C'est très bien, Lady Greensleeves*.

Alors j'ai supplié dans ma tête : « Oui, mais par pitié ne chantez pas... »

Trop tard ! Il entonnait déjà :

Hélas ! ma mie, c'est grande cruauté
Que de m'éconduire ainsi sans pitié,
Moi qui vous ai si longtemps aimée...

Et tout au long du parcours menant du jardin à la lice*, il n'a cessé de chanter à plein gosier cette ballade vieille comme les chemins, malgré mes suppliques muettes. Pour être honnête, il a une belle voix, grave et bien timbrée. Il chante assez souvent pour la reine, avec d'autres gentlemen de la cour. Simplement, je trouve embarrassant de l'entendre bramer pour moi. Il pourrait être mon père et… cet air est si démodé ! Il ne connaît donc pas un seul madigral* italien ?

Dans la cour pavée, deux chevaux attendaient, sellés, fin prêts pour la promenade. J'ai tendu les laisses des chiens au palefrenier. Henri a cru bon de gronder au ras des sabots de Doucette, ce qui prouve qu'il n'y a guère de cervelle sous ces petits crânes veloutés.

La jument n'a pas apprécié. Elle a lancé la tête en arrière, mais Sir Charles l'a prise par la bride.

— Allons, Doucette, allons, lui a-t-il dit sans élever le ton. Ce petit cabot, tu l'écraserais d'un coup de sabot. Ce serait indigne de toi, n'est-ce pas ? Du calme, ma belle, làààà. (Il s'est tourné vers moi.) Voyez, jeune lady ? Avec les chevaux, calme et pondération sont les maîtres mots.

Alors je me suis approchée – avec calme et pondération – pour flatter l'encolure de Doucette. Puis Sir Charles m'a fait la courte échelle et j'ai réussi à m'asseoir en amazone sans passer par-dessus l'échine de ma monture comme la dernière fois.

Une fois bien installée – un pied libre en avant, l'autre solidement calé dans l'étrier –, j'ai saisi la cravache que me tendait Sir Charles, puis je l'ai regardé monter à son tour.

Certes, il pousse un petit *pff !* pour se hisser sur sa bête, mais une fois en selle ce n'est plus le même homme ! Il faut voir comme il s'y tient, à la fois souple et droit, parfaitement à son aise. Je suis sûre qu'alors il ressemble au jeune homme qu'il était du vivant d'Édouard VI. Il paraît qu'en ce temps il excellait au tournoi.

Las ! il n'était que trop à son aise : il s'est remis à chanter à pleine voix !

Greensleeves faisait mon bonheur,
Elle était ma vie, ma joie, mon trésor,
Greensleeves enchantait mon cœur…

Puis nous sommes partis au petit trot et j'ai fait de mon mieux pour ne pas me raidir et rebondir à chaque pas. Sir Charles me le dit toujours : à cheval, il faut se laisser bercer par le mouvement de sa monture.

Tandis que nous trottinions pour échauffer nos bêtes, Sir Charles m'a fait la conversation, comme toujours. Il parle sans arrêt et je sais pourquoi : c'est pour m'empêcher de songer à ma terreur de tomber. Mais ce qu'il m'a dit aujourd'hui est bien triste. Son frère jumeau est mort en France, voilà quelques semaines, à la guerre.

— J'ai reçu la missive hier soir, m'a-t-il confié d'un air sombre. Je ne sais rien de plus. Hélas ! Hector et moi n'étions pas dans les meilleurs termes lorsqu'il est parti, et à présent j'en ai grand regret. Pour être franc, il avait toujours été un peu le mouton noir de la famille… Souventesfois, j'avais réprouvé ses agissements. Et cependant, il était mon frère…

J'ai murmuré :

— J'en suis bien navrée. Combattait-il pour les protestants ?

— Oui, contre les partisans du pape. Contre les Guise*, ces fourbes !

Ah ! ces Guise. Moi aussi, je les déteste, et j'ai de quoi ! C'est par leur faute que ma mère est morte. À cause d'un de leurs complots en vue d'assassiner notre reine, pour la pure raison qu'elle est protestante, et afin de faire monter sur le trône un roi catholique à la place.

Pour détourner mes pensées, Sir Charles m'a appris à lancer mon cheval au petit galop. Après deux ou trois démonstrations, il m'a priée d'essayer, et cette brave Doucette est passée gentiment du trot à un galop très, très sage. Je me serais crue sur un cheval à bascule, je n'avais pas peur du tout. C'était presque amusant, même, de longer ainsi l'un des côtés de la lice, puis la clôture du fond pour revenir de l'autre côté. C'est la toute première fois que je vais au petit galop. Et sans tomber, j'en suis très fière.

Sir Charles a ri de me voir les joues roses. Une dernière fois, il a roucoulé – *Qui d'autre que ma Lady Greensleeves ?* – puis, m'aidant à mettre pied à terre, il m'a posé un baiser sur le front.

— Excellent, jeune lady, excellent ! Bientôt, vous monterez à la perfection. Mieux que notre reine en personne.

— Oh ! me suis-je récriée. Surtout, ne le dites pas devant Sa Majesté !

Il a feint d'être horrifié :

— Vous n'irez pas le lui répéter, n'est-ce pas ? Je vous en supplie. Dois-je vous implorer à deux genoux ?

Je me suis retenue de rire.

— J'aurais peur pour vos pauvres genoux.

— Ah ! je vous en sais gré. Et je ne dois pas non plus gâter mon haut-de-chausses pour demain… Vous tarde-t-il d'être à demain ?

J'aurais pu répondre par un mensonge poli, mais je suis trop paresseuse, je crois.

— Oh ! que nenni ! Je ne suis pas certaine de me sentir déjà prête à choisir un mari et à vivre avec lui.

Il a étouffé un soupir.

— On ne peut guère vous en blâmer. Mais toutes les jeunes filles ne peuvent faire ainsi que la reine, savez-vous ? Si vous acceptiez de m'épouser, très chère petite Grace, Lady Cavendish, rien ne changerait entre vous et moi, j'en fais serment. J'attendrais le jour où vous seriez prête à devenir femme.

À mon tour, j'ai soupiré. Je l'aime bien, moi, Sir Charles. Je le trouve très gentil. Mais la reine a beau l'avoir choisi pour l'un de mes prétendants, je n'ai pas du tout, du tout envie de l'épouser.

*

J'ai dû aller quérir* un peu d'encre. Je ne me doutais pas, en commençant d'écrire, que j'aurais tant à dire, surtout à propos d'une journée banale.

Comme je rentrais de ma leçon de cheval, on est venu m'annoncer que la reine me mandait en ses appartements. J'ai donc couru à l'étage pour remettre ma jupe brodée et descendre la rejoindre.

Je suis entrée, j'ai fait ma révérence. Agenouillé devant Sa Majesté, l'un des tailleurs de la cour transpirait à grosses gouttes.

La reine ne semblait pas de la meilleure humeur.

— Et pourquoi donc, Mr Beasley, le jupon de Lady Grace n'est-il pas encore achevé ? Assurément, vous m'avez habituée à plus de diligence ! Pourquoi pareil retard ? Je tenais à voir cette robe avant qu'elle ne la porte.

Il se tordait les mains.

— Majesté, sauf votre respect, notre charmante Lady Grace grandit. Elle grandit de jour en jour, et l'étoffe de sa robe, point.

J'ai vu la reine se retenir de rire, mais elle s'est contentée de dire qu'il était autorisé à brûler dix nouvelles chandelles de cire, afin d'achever cet ourlet sans mettre en péril les yeux de ses hommes. Puis elle l'a congédié.

Sa Majesté est imposante, je dirais même un peu effrayante pour qui ne la connaît pas. Elle a les yeux perçants, très sombres, les cheveux d'un roux flamboyant, le teint clair et une peau parfaite, hormis quelques cicatrices laissées par la petite vérole* qui l'a rendue si malade naguère, quand j'étais encore enfant. Elle n'est pas de grande taille pour une femme et pourtant, bien souvent, elle donne l'impression d'être immense – surtout lorsqu'elle se met en courroux ! Et les robes qu'elle porte la grandissent encore… Quelle splendeur ! Rien de plus somptueux que ces atours confectionnés spécialement pour elle par les tailleurs de la cour.

Mais surtout c'est une femme très intelligente. Elle semble fort heureuse de me voir lire et écrire sans rechigner. Elle dit trouver assommantes les jeunes filles qui ne songent qu'aux robes et aux bijoux. Je crois qu'elle a de l'affection pour moi. Peut-être parce qu'elle m'a connue toute petite et que ma mère lui a sauvé la vie, à sa façon, l'an passé.

Le tailleur parti, elle s'est tournée vers moi.

— Peut-on savoir ce qui vous a fait les joues si roses, Lady Grace ?

— J'ai réussi à mener Doucette au petit galop, Majesté ! Et je ne suis pas tombée une seule fois.

Elle a joint les mains.

— Oh ! mais vous devez être fatiguée, alors. Vous allez prendre un souper* léger, mon enfant, et vous irez tout droit au lit. La journée de demain sera longue.

Tout droit au lit ? Je n'en mourais pas d'envie, mais avec la reine on ne discute pas. J'ai donc pris mon souper léger – pâté de faisan en croûte, beignets de poisson salé, saucisses grillées, petits pains de gruau, sans parler d'un potage au panais* – puis je suis remontée ici.

Depuis, j'écris dans ce cahier, avec trois chandelles pour m'éclairer. Je vais me hâter de dire mes prières.

*

Plus tard encore ce jour.

Tout à l'heure, j'ai dû m'arrêter net, parce qu'on a frappé à ma porte, tout doux.

À peine avais-je dit : « Entrez ! » qu'Elsie et Masou se faufilent à l'intérieur avec des mines de conspirateurs. Aussitôt, je les gronde à voix basse :

— Vous perdez la tête, vous deux ! Si on vous trouve ici, vous allez vous faire...

— Pas de danger, milady ! coupe Elsie. Voyez : on m'a chargée d'apporter vos affaires pour demain...

— *Affaires !* se récrie Masou. Quel manque de manières ! Pour une dame de la cour, on ne dit pas « affaires », c'est très impoli. On dit « atours », n'est-ce pas, milady ?

— Avec moi, on dit ce qu'on veut. Et arrêtez de m'appeler milady, vous deux !

Elsie a tiré la langue à Masou, mais moi, il me tardait de voir cette robe.

Et elle est belle, il faut dire ce qui est ! Tout en velours et lin, entièrement brodée au point arrière. Pour la dessiner, la faire confectionner, Mrs Champernowne et la reine complotaient depuis l'automne, Sa Majesté aussi émoustillée que si j'étais sa fille. Tout cela, je le savais, mais je ne m'attendais pas à un tel résultat.

— Elle est juste repassée, me dit Elsie. Tu as vu ces plissés, là ? C'est moi qui les ai faits.

Elle replie la robe avec soin et la dépose dans mon coffre comme elle coucherait un bébé au berceau.

Masou vient s'asseoir sur mon lit. Il tient à la main un petit pot d'albâtre.

— Regardez, milady, dit-il en soulevant le couvercle. C'est du khôl. Si vous en mettez un peu autour de vos yeux, juste un tout petit peu, ils auront l'air plus grands et brillants.

— Me peinturlurer, moi ? Jamais.

Il éclate de rire.

— Vous voulez dire vous tartiner de cinabre* et de poudre blanche ? Non, et je vous comprends.

Mais avec ça, vos yeux auront simplement l'air plus grands.

— Masou, s'il te plaît, dis-moi plutôt ce que la reine mijote pour moi, demain. Elle n'a pas voulu m'en souffler mot.

Il pose un doigt sur ses lèvres, puis il murmure très bas :

— Défense d'en parler. Mr Somers lui-même nous l'a interdit. Et c'était moi surtout qu'il regardait en disant ça, je l'ai bien vu.

Masou ne veut pas désobéir au chef de la troupe royale. Dommage.

À la place, il se met à jongler avec les petits pots de pommade de Lady Sarah, et Elsie se joint à lui. Puis ils remettent tout en place, oh ! très soigneusement, et ressortent dans le couloir avec des mines d'enfants sages. Ils sont trop comiques.

Je suis très ennuyée de ne pas savoir ce que Sa Majesté me réserve, demain. Certes, je ne crains pas trop un jeu cruel – bien qu'il lui arrive de se montrer cruelle avec certains de ses courtisans. Malgré tout, je me tourmente. J'espère qu'au moins je n'aurai pas à chanter devant tout le monde !

Mais maintenant il faut que je dorme.

Le quatorzième jour de février, en l'an de grâce 1569, fête de saint Valentin, martyr.

Je ne devrais en aucun cas être en train d'écrire ceci. Nous sommes dans la chapelle royale, et le chapelain prêche et prêche et reprêche depuis quatre longues heures au moins. Bon, peut-être pas tant, je l'avoue, mais je suis sûre que l'heure du repas est proche. En attendant, je fais semblant de prendre des notes sur son sermon. (Ha !)

Pour nous rendre à la chapelle, ce matin, nous sommes passés devant la Grande Salle. Apparemment, tout le personnel du palais était là au complet, occupé à tendre d'immenses bannières de soie rouge ou à promener des échelles et à suspendre toutes sortes d'ornements pour le bal. À la vue de ce remue-ménage, mon cœur a piqué un galop, mais je ne saurais dire si c'est de terreur ou d'excitation.

La reine n'écoute pas le sermon, elle non plus. Elle est en train de lire quelque chose et elle fronce le sourcil. Elle n'assiste jamais à l'office sans un coffret de documents à examiner. Comme elle me l'a expliqué, sa présence ici est requise, mais le Très-Haut sait qu'elle a beaucoup à faire, surtout avec ces incapables du Conseil, et il lui pardonnera d'employer son temps utilement. Je suis certaine qu'elle a raison.

Là, il faut que j'arrête : les enfants de chœur commencent à chanter. J'aime leurs voix, limpides comme des chants de merle à l'aube, donc je vais écouter un peu. De toute manière, il faut que je range mon encre, l'office va bientôt prendre fin.

*

Plus tard ce même jour.

Je suis assise sur une banquette, sous une fenêtre, avec ma plume et mon cahier, et je ne devrais EN AUCUN CAS être en train d'écrire. Cette fois, ça y est, je suis vêtue de ma belle robe rose, prête pour le bal, et si jamais je fais une tache d'encre… Mais j'ai le cœur qui bat si fort, et les mains qui ne tiennent pas en place – il faut que je fasse quelque chose. Ce qui me tourmente, ce sont ces manches : elles sont toutes blanches, et la moindre moucheture d'encre risque de se voir terriblement. Je pourrais demander à Fran de me les délacer pour m'en mettre d'autres, mais je ne suis pas certaine d'en avoir une paire vraiment assortie.

Après l'office, j'ai pris une collation légère – je n'avais pas faim du tout –, puis Mrs Champernowne m'a convoquée dans la chambre à parer de la reine, là où se trouvent toutes les penderies, afin de m'apprêter pour la fête. Elle a commencé par me faire prendre un bain chaud dans la baignoire même de la reine, avec du savon à l'eau de rose venu de Castille. Il fallait que je sois toute propre avant de revêtir ma robe.

J'imaginais, pendant ce temps-là, Lady Sarah et Mary Shelton en train de s'affairer dans notre chambre, sans doute au beau milieu d'une querelle pour une histoire de corsage ou de corset. Chez la reine, le silence régnait, j'avais tout loisir de me ronger les sangs.

Nous avons attendu derrière un paravent que les serviteurs de Sa Majesté viennent reprendre la baignoire pleine, puis Mrs Champernowne s'est frotté les mains pour les réchauffer (elle a toujours les mains glacées).

— Et maintenant, Lady Grace, veuillez ne pas vous trémousser en tous sens.

Lorsque Elsie s'habille, elle n'en a pas pour des heures. Elle lace son corset par-dessus sa blouse, elle enfile son jupon, son cotillon, sa cape, elle chausse ses bas de laine, ses socques* de bois, et la voilà prête.

Eh bien, de mon côté, m'apprêter pour une fête, c'est toute une histoire !

Mrs Champernowne a commencé par me brosser les cheveux longuement, puis sa femme de chambre m'a apporté mon partelet* tout neuf, entièrement brodé de fleurs. L'étoffe en est si fine qu'on voit presque au travers – au point qu'en y passant la tête j'avais peur de le déchirer. Et je n'aime pas du tout ces brides qui se nouent sous les aisselles : ça chatouille ! Ensuite, j'ai enfilé les bas de soie que m'a offerts la reine, blancs avec des jarretières roses. Le tailleur avait apporté mon nouveau corset – avec un busc* à la française, et si resserré à la taille qu'à présent j'ai peine à respirer. Ma vertugade* aussi est toute neuve, même si mon jupon de dessous et ses arceaux sont ceux que portait ma mère, un peu réajustés. Mon jupon de dessus est en damassé blanc, brodé de roses.

Et ma robe rose vif ! Indescriptible. Pour commencer, elle pèse au moins une tonne, parce qu'elle est en velours épais, tout d'une pièce. Pas d'autre solution, pour l'enfiler, que de plonger par-dessous et de se tortiller en direction de l'air libre. J'ai émergé de là les cheveux en meule de foin et gigotant des bras, après quoi il a fallu des heures à Fran et à Mrs Champernowne pour me lacer jusqu'à la dernière aiguillette*. Et quand j'ai reconnu, au bout des aiguillettes, les ferrets* ornés de roses qui étaient ceux de ma mère, j'ai senti mon cœur chavirer. C'est elle qui aurait dû être là pour m'aider à me vêtir, à l'occasion de ce premier bal.

— Oh ! ma chère enfant, a murmuré Mrs Champernowne en me pressant l'épaule, puis elle m'a tamponné les yeux d'un mouchoir. Ne vous faites pas le nez tout rouge, ou nous allons devoir le poudrer de blanc.

J'ai acquiescé en silence et me suis efforcée de penser à autre chose.

Lorsqu'elles en ont eu terminé, toutes deux, elles m'ont fait pivoter devant le grand miroir de la reine, qui est en verre de Venise et vaut plus qu'un excellent cheval, à ce qu'on dit. Je me suis retrouvée face à une dame, une inconnue qui avait mon visage et me regardait. Lorsque Fran lui a passé une petite fraise blanche autour du cou, j'ai esquissé une révérence et la dame a fait de même. C'était mon reflet, je le savais, mais j'avais peine à y croire.

— Voilà, a dit Mrs Champernowne d'un ton satisfait. Fort jolie demoiselle d'honneur, ma foi.

J'ai marmotté malgré moi :

— C'est vrai ?

Assurément, la dame dans le miroir, ses grands yeux posés sur moi, avait nettement plus d'allure que je n'en ai d'ordinaire.

— Tout gentleman digne de ce nom serait ravi de vous prendre pour épouse, ma chère enfant. Mais Sir Gerald, bien évidemment, saurait vous couvrir de robes et d'atours…

Si je comprends bien, ce cher Lord Worthy a mené campagne pour son neveu.

— Et Sir Charles ? ai-je demandé de mon air le plus innocent.

C'était pour brouiller les pistes. La vérité est que je penche plutôt pour Lord Robert. Enfin, disons que c'est celui qui me déplairait le moins.

Mrs Champernowne a plissé le nez avec grâce.

— Sir Charles ? Il vous offrirait plutôt des chevaux. Quant à ce jeune godelureau de Lord Robert, espérons que ce n'est pas vers lui que vous allez vous tourner. Sir Gerald l'a joliment remis à sa place, pas plus tard qu'hier. Et lui, comme toujours, il est resté sans voix.

Il faut bien reconnaître que Lord Robert n'a pas ce qu'on appelle la langue bien pendue. Mais lui, au moins, il n'est pas trop, trop vieux. Dans les vingt ans, je dirais. J'aimerais savoir de quoi ils discutaient, Sir Gerald et lui. Mais je me suis bien gardée de le demander, parce qu'il était clair que Mrs Champernowne brûlait que je pose la question. Et je ne voulais pas l'entendre répéter quel admirable gentleman est Sir Gerald Worthy.

— Maintenant, sauvez-vous, m'a-t-elle dit enfin. Et pas le plus petit grain de poussière sur cette robe, Lady Grace, vous m'entendez ? Ou je vous fais donner le fouet, que la reine le veuille ou non. Dans votre chambre, tout droit. C'est au tour de Sa Majesté de s'habiller.

J'ai filé sans demander mon reste. Dans le corridor, j'ai aperçu Elsie et Masou qui me guettaient depuis l'escalier de service.

Elsie a joint les mains.

— Oh ! milady, que vous êtes belle. Vraiment, vraiment belle !

— N'importe quelle autre serait belle dans cette robe.

Mais Elsie a fait non de la tête. Je dois dire que, pour sa part, elle n'est pas bien jolie, avec sa petite bosse sur le nez et ses mains rougies par le savon. Je me suis hâtée d'ajouter :

— En tout cas, comme tenue, on fait plus confortable. J'ai la taille bien trop serrée, j'ai peine à plier les bras et cette fraise me fait le cou en bois. Tout juste si je peux respirer, et pas moyen de me gratter.

Masou m'a saluée d'une courbette très élaborée, puis il s'est approché de moi avec son petit pot de khôl et délicatement, du bout du doigt, il m'en a passé un soupçon autour de chaque œil. Je redoutais qu'il en mette sur ma fraise, mais Masou a la main sûre. J'ai regardé l'effet produit sur mon reflet dans un dessous-de-vase en argent et mes yeux m'ont paru plus… plus mystérieux, peut-être. Masou aussi s'en était mis un peu pour sa représentation, plus tard.

Soudain, il s'est tapoté le cou.

— Ah ! tiens ? Vous n'avez pas de collier, milady.

Ce qui est exact. Je n'en ai pas.

— Et comment cela se fait-il ? a-t-il insisté avec une courbette, les yeux pétillants.

Pas de collier. C'est un indice, j'en suis sûre ! Un indice concernant l'énigme que me réserve la reine…

Puis tous deux sont repartis bien vite. Ils ont encore des tas de choses à faire, à cause du bal.

*

Très tard ce même jour.

J'écris ceci à la lueur de la chandelle de veille. Enfin, me voici de retour dans ma chambre au bout de cette longue, longue journée. Dans les lits voisins, Lady Sarah et Mary Shelton ronflent tant qu'elles peuvent, Lady Sarah comme une vache, Mary Shelton comme une chèvre... Non, je médis !

Cet après-midi, j'ai dû m'interrompre en hâte, parce que Mrs Champernowne venait me chercher.

Et maintenant... Maintenant, tout se bouscule dans ma tête. J'ai tant et tant à dire que ne sais plus par où commencer !

Quand Mrs Champernowne est venue me chercher, c'était pour m'emmener dans la salle du trône. Là, j'ai dû patienter des heures, assise sur un coussin, auprès de mes compagnes. Je me sentais comme une poupée de bois, je mourais d'envie d'aller me dégourdir les jambes au jardin privé, mais bien sûr je n'ai pas bougé d'un pouce. Mrs Champernowne m'aurait-elle vraiment donné le fouet ? Je n'en crois rien, mais je suis restée sage. Tout juste si je me suis un peu tortillée, à un moment donné, parce qu'une puce venait de me piquer dans le dos.

— Cessez de vous trémousser, Lady Grace, m'a dit aussitôt Mrs Champernowne. N'oubliez pas que votre robe a coûté à Sa Majesté des centaines et des centaines de livres, sans compter la façon, bien sûr.

J'ai ouvert des yeux ronds.

— Eh oui. Avec pareille somme, chère enfant, il y aurait de quoi acheter un bel hostel* dans la cité de Westminster. Alors cessez de gigoter comme un garnement des rues !

J'ai remercié le ciel qu'elle ne m'ait pas vue, vêtue de cette robe, tremper la plume dans l'encrier.

Après une longue attente à peine entrecoupée de chuchotis, on nous a enfin fait signe de nous lever. J'ai cru que mes jambes allaient défaillir. La reine est entrée, somptueusement vêtue de velours noir rehaussé d'argent. Toutes les dames et demoiselles de sa suite étaient en damas blanc orné d'argent, en écho à sa tenue. Moi seule étais en rose, un grand honneur que la reine me faisait.

Lady Bedford, première dame d'honneur, a mis en place la longue traîne de damas noir de Sa Majesté, elle lui a ajusté son voile, et nous nous sommes enfin mises en marche, deux par deux, le long des corridors. Les gentlemen de la Garde se tenaient bien droit dans leur velours rouge, et toute la cour a applaudi à notre vue. À mes côtés, j'avais Lady Sarah, mais elle était si jalouse de moi et de ma robe rose qu'elle ne m'a pas soufflé mot de tout le trajet.

La Grande Salle était tout ornée de rubans rouges et violets, sans parler de guirlandes d'argent pendues aux poutres. Cette immense salle de banquet, nous y mettons rarement les pieds, nous autres demoiselles d'honneur. Car Sa Majesté, d'ordinaire, quoiqu'elle aime nous avoir à sa table, préfère les repas tout simples dans sa salle à manger privée. Le mois dernier, elle était tellement débordée, entre ses papiers à signer et ses ministres à consulter, qu'un jour elle s'est fait apporter son dîner* sur un plateau dans la salle du trône, et nous, les demoiselles d'honneur, il nous a fallu nous débrouiller. Pour finir, j'ai donné quelques piécettes à Elsie en lui demandant de courir à la rôtisserie la plus proche et de nous acheter des pâtés chauds. C'était délicieux, mais brûlant – plus que ce qu'on nous sert au palais !

Nous nous sommes alignées derrière la table d'honneur, celle qui faisait face à toutes les autres. La reine a prononcé un petit discours, des paroles de bienvenue, je crois. J'avais l'estomac tout retourné, si bien que je n'ai pas écouté. J'ai cherché des yeux mes prétendants, mais ils étaient tous trois à l'autre bout de la table, aux côtés de Lord Worthy, chacun d'eux très occupé à ne pas regarder les deux autres. Dans sa bonté, la reine avait veillé à ce que je ne les aie pas en face de moi, à me dévisager pendant tout le repas. À l'autre bout de la salle, j'ai aperçu Elsie. Elle m'a adressé un petit signe, mais bien sûr je n'ai pu répondre, ma dignité me l'interdisait.

Il y avait tant de monde autour de moi, tant de gens qui tourbillonnaient, que j'ai cru devenir chèvre. Décidément, j'ai horreur des banquets. Je déteste tout ce qu'ils impliquent : rester assis des heures durant, et sourire en permanence, et faire la conversation poliment tandis que votre estomac gronde comme une charrette sur les pavés parce que les plats tardent à arriver. Et aujourd'hui, je n'exagère pas, c'est vraiment durant des heures qu'il a fallu patienter, tandis que les serviteurs, les pages, les écuyers prenaient position en bon ordre derrière la porte d'entrée.

Ensuite, j'ai bien failli sauter au plafond lorsque les musiciens, sans prévenir, ont soufflé dans leurs trompettes. Et, sur ce fond de musique solennelle – quoique un peu éprouvante pour les oreilles –, le cortège est entré d'un pas cérémonieux, apportant triomphalement les premiers plats de viande rôtie : cochon de lait, bœuf, venaison*, et même du cygne, sans oublier une tourte aux rognons plus large qu'une margelle de puits. J'en avais mal au dos pour ces braves, de les voir porter au-dessus de leur tête ces immenses plateaux d'argent. Puis l'attente a recommencé, interminable, car toutes ces viandes, bien évidemment, il fallait les découper.

Quand enfin les plats de service sont arrivés jusqu'à nous, j'avais la bouche tellement sèche et l'estomac tellement noué à l'idée du bal qui allait suivre (et à l'idée de ce que la reine avait bien pu concocter pour moi) que c'est tout juste si j'ai réussi à avaler un peu de pain de gruau avec du beurre, deux ou trois carottes confites et quelques-unes des fines herbes qui décoraient la salade. Donc, pour moi, toute cette bonne provende*, c'était gâchis pur et simple.

Par-dessus le marché, la viande de cygne… Fi donc ! (Mrs Champernowne dit qu'une dame ne devrait jamais prendre des airs dégoûtés, mais par écrit, je ne vais pas me gêner !) À mon avis, le cygne rôti, ça n'a d'intérêt que pour faire joli. On vous l'apporte sur un plat, tout découpé mais reconstitué en forme de cygne, avec un habillage de plumes par-dessus, si bien qu'on le croirait vivant, nageant sur son plateau d'argent. Fort bien, mais, dans l'assiette, une seule bouchée – par curiosité – m'a suffi. Quelle horreur ! Royale ou pas, la chair de ce volatile a goût de vase et de poisson. Pire encore que le dindon !

Tout le temps des deux services, Lady Sarah ne m'a pas adressé la parole une seule fois. En revanche, elle n'a cessé de pépier avec Mary et Carmina, toutes deux à sa gauche. Moi, ça m'était bien égal. Au contraire : ça m'épargnait la peine de répondre. J'avais toujours la bouche aussi sèche. Mrs Champernowne a ordonné à un page de me servir un doigt de vin coupé d'eau, ce qui a un peu arrangé les choses. Je l'ai bu avec mille précautions, de peur de tacher ma robe.

Et brusquement, juste comme je commençais à me détendre un peu, *bam-badabam !* J'ai bien failli tomber du banc. C'était la troupe royale qui faisait son entrée en fanfare, Louis le Français en tête, cognant sur son tambour comme un sourd. Derrière lui venaient les nains jumeaux, Paul et Peter, jonglant avec des cœurs en satin rouge, puis le fou de la reine, Mr Will Somers, qui tournoyait lentement sur lui-même et de temps à autre fusait dans les airs pour y exécuter une pirouette. Là-dessus, *bam-badabam-badabam !* le tambour a redoublé d'ardeur, les trompettes se sont jointes à lui avec encore plus d'éclat que la première fois, et c'est Little John le géant qui est entré, tenant une longue perche sur sa tête. Et tout en haut de la perche, sur une plate-forme pas plus large que mes deux mains, devinez qui était juché ? Masou, debout sur un pied, tout sourire.

J'en suis restée bouche bée. C'était vraiment le bouquet. Comme si je n'avais pas l'estomac assez noué ! Du coin de l'œil, j'ai vu Elsie, au fond de la salle, porter les mains à sa bouche. Elle était blanche comme un drap.

Mais le pire restait à venir. Toujours sur un pied, Masou s'est mis à jongler avec des bâtons. Tout en jonglant, il m'a repérée et m'a adressé un clin d'œil. À cet instant, il a basculé, agité les bras, titubé... et il est tombé.

Je n'ai pas pu me retenir, j'ai poussé un cri. Personne ne l'a entendu : toute la salle avait crié. C'est alors que, dans sa chute, Masou a effectué une pirouette et il est retombé au sol sur ses pieds, comme un chat. Mieux : il a rattrapé au vol les bâtons avec lesquels il jonglait et s'est remis à jongler – en dansant une petite gigue, s'il vous plaît. Toute la salle a applaudi en poussant de nouveau des cris, mais de soulagement et d'admiration cette fois. Même Sa Majesté s'est mise à applaudir en riant.

Moi aussi, j'ai applaudi, quoique mollement, mes mains tremblaient trop. Elsie semblait avoir manqué de s'évanouir. J'aimerais bien savoir à quoi pense Masou quand il exécute ce genre de tour devant un public. À mon avis, il est comme ivre, ou même un peu fou.

La reine a glissé un mot à l'oreille de l'un de ses pages et Mr Somers a escorté Masou auprès d'elle. Je n'ai pas entendu ce que Sa Majesté a dit à Masou, mais lorsque les acrobates ont repris leurs cabrioles, leurs roues, leurs sauts périlleux, c'est lui qui bondissait le plus haut, rayonnant comme un soleil.

Puis l'heure des desserts a sonné. Nous nous sommes tous levés de table pour nous rendre, en bon ordre, à la grande tente de toile dressée tout exprès au jardin. On la nomme « Maison des banquets », mais ce n'est pas une vraie maison, c'est une immense tente de toile, et elle sert surtout à la belle saison, pour les desserts et goûters servis au jardin. Le reste du temps, elle est rangée dans je ne sais quelle dépendance du palais, enroulée autour de ses piquets, j'imagine. Pourtant les peintures hideuses qui décorent ses murs de toile n'ont pas l'air de s'en porter plus mal. J'ai noté qu'un Cupidon avait la joue un peu écaillée, mais le postérieur de Vénus m'a semblé tout aussi rose que l'an passé.

D'ordinaire, j'aime bien les desserts – les gelées, les pâtisseries, les crèmes cuites, sans parler du décor central en massepain, presque toujours en massepain. Cette fois-ci, c'était une Vénus, une de plus, en compagnie d'un Cupidon s'apprêtant à tirer une flèche en réglisse, le tout rehaussé de sucre rose – et du plus bel effet, je dois dire.

Malheureusement, non loin de tout cela, il y avait une petite table sur laquelle s'alignaient trois coussins de velours bleu, et sur chaque coussin reposait quelque chose… quelque chose qu'un petit carré de soie blanche dérobait à la vue.

Trois coussins. En résultat, je n'ai pas pu savourer les desserts. Pas même la marmelade de coings, que j'aime entre toutes, ni la crème aux œufs. Je faisais bien trop d'efforts pour ne pas loucher sur ces trois coussins. Sur le premier, on devinait une sorte de bosse vaguement ronde ; sur le deuxième, une forme longue et effilée ; et sur le troisième, sous la soie, on aurait dit comme une grosse poignée de petits pois !

En été, la plupart des fêtes ont lieu directement sur l'herbe, mais là, on avait dressé un parquet de bois ciré pour le bal, et les musiciens, dans un angle, ont bientôt entamé une *Burgermeister* * afin de nous inviter à danser. Cette danse allemande, je la trouve ridicule. Comment ne pas avoir l'air stupide quand on se trémousse bras dessus bras dessous, en agitant vaguement les doigts ?

Alors nous autres, les demoiselles d'honneur, nous nous sommes alignées bien sagement face à ces messieurs, eux aussi en rang d'oignons, et nous avons fait la révérence. Allez savoir pourquoi, Lord Robert avait trouvé le moyen de se trouver juste en face de moi, si bien qu'il était mon premier partenaire. Mais lorsqu'il a pris ma main et que j'ai esquissé les premiers pas de danse, il est devenu tout rouge et il a bredouillé :

— Hum… euh… Lady… Grace… euh…

— Pardon ? ai-je murmuré, un peu essoufflée.

Mais c'était déjà son tour de sautiller sur place en pointant les orteils ici, puis là. Le temps qu'il se retourne vers moi, il avait raté sa chance. Le moment était venu de reculer, puis de changer de partenaire.

Il en a été de même chaque fois que la danse nous a réunis : il essayait de glisser quelques mots – quelques mots à l'évidence préparés d'avance. Mais chaque fois il a bafouillé, et il avait les mains toutes moites. J'avoue que ça m'agace un peu. Le silence viril de Lord Robert, à mon avis, c'est surtout le silence de quelqu'un qui ne sait que dire. Mais bon, encore une fois, c'est le moins vieux des trois. Et celui qui présente le mieux, tout compte fait. Les autres filles disent qu'il est né bien haut, mais que ses finances sont bien bas. Autrement dit, pour noble qu'il soit, il n'a plus un penny devant lui, et tous ses biens – terres et châteaux – sont hypothéqués. Où est l'importance, s'il m'aime ? Des richesses, moi, je n'en manque pas. J'ai toutes celles que m'ont léguées mes parents. Cela dit, ce serait tout de même mieux s'il savait faire autre chose que bredouiller de loin en loin : « Hum... euh... hum... »

Ensuite, l'orchestre a attaqué une pavane, plus connue sous le nom de danse-la-plus-endormante-jamais-inventée. La danse, c'est fait pour sauter, pour perdre un peu son souffle. Où est l'intérêt d'aller et venir d'un pas de limace en se tenant les mains, de se retourner, d'échanger des courbettes, et de déambuler en avant, en arrière, toujours lentement, toujours sagement ? À s'endormir debout, vous dis-je ! Cette fois, j'avais pour partenaire Sir Charles qui, bizarrement, semblait d'humeur maussade.

— Au moins, c'est un air familier, lui ai-je glissé tout en arpentant le parquet à ses côtés.

Les musiciens jouaient *Greensleeves,* je venais juste de m'en apercevoir.

— Plaît-il ? chère Lady Grace…

— C'est *Greensleeves,* vous savez bien ! L'air que vous fredonnez si souvent !

Il a esquissé un pâle sourire.

— Mais oui, bien sûr, où avais-je la tête ? *Greensleeves* ! *Tada, dida, didadi, dada…*

Sa voix était moins bien timbrée que d'ordinaire. Pour tout dire, il chantait presque faux. Je me suis inquiétée :

— Vous avez mal à la gorge, Sir Charles ? En ce cas, il vaudrait mieux ne pas chanter. Ni même danser, d'ailleurs.

En toute honnêteté, même sans mal de gorge, la danse n'est pas sa partie forte, sauf peut-être la pavane, justement. Encore que ses genoux, ce soir, m'aient paru plutôt moins raides qu'à l'accoutumée.

Ensuite, le maître des cérémonies a annoncé une volte* – juste ce que que nous venons d'apprendre en cours de danse. La volte est une danse très osée : on y laisse entrevoir ses genoux ! Mais la reine aime bien la volte. Pour ma part, je n'apprécie pas trop le moment où il faut danser devant son partenaire planté comme un piquet, ni celui où, à son tour, il fait son petit numéro tout seul.

Ce que j'adore, en revanche, c'est quand il vous prend par la taille et vous soulève dans les airs tandis que vous claquez vos talons l'un contre l'autre. Étourdissant. Et tant pis si, l'autre jour, pendant la leçon, je me suis fait rabrouer par le maître : « Lady Grace ! Vous êtes censée retomber sur vos pieds comme une plume, vous m'entendez ? Comme une plume ! » Est-ce ma faute à moi si les tableaux de la Longue Galerie sont si mal accrochés que l'un d'eux s'est détaché du mur *juste* au moment où je regagnais le plancher ?

Lorsque nous avons pris position, j'ai bien cru que Sir Gerald allait choisir de danser avec Lady Sarah – dont la poitrine semblait prête à s'évader de son corset, je me demande comment Mrs Champernowne tolère pareilles choses. Mais Lord Worthy s'est approché de son neveu pour lui glisser deux mots à l'oreille, et aussitôt Sir Gerald a échangé sa place avec le gentleman qui me faisait face – lequel a paru ravi de l'échange !

Bref, pour la volte je me suis retrouvée avec Sir Gerald. Il m'a adressé un sourire suivi d'une courbette, et regardée droit dans les yeux. L'autre gentleman louchait sur le décolleté de Lady Sarah, mais Sir Gerald se concentrait sur mon visage.

(C'est entendu : plus bas, il n'y a encore rien à voir, même dans un corset à la française.)

Je dois reconnaître que Sir Gerald a des traits plutôt plaisants, tout en angles et en lignes droites, avec de drôles de sourcils noirs, point laids du tout. Et il est grand, si bien qu'il semble toujours me toiser de haut. Hors cela, tout ce que je sais de lui, c'est que j'ai joué au primero* deux fois avec lui (et que j'ai gagné, ah mais !). Sinon, j'ai fait quelques pas à ses côtés dans le jardin privé lorsqu'on nous a présentés, et c'est tout. Il est assez vieux, quoique moins que Sir Charles. Je crois qu'il a été marié, mais que sa femme est morte en couches. En tout cas, il n'est ni muet ni ventru, c'est déjà ça.

— Vous êtes plus belle que jamais, Lady Grace, m'a-t-il dit. Le velours rose vous sied à merveille.

J'ai essayé de rougir. En vain.

— Vous me flattez, monseigneur.

Je m'étais acquittée de mes pas, son tour était donc venu. La volte a ceci de particulier qu'elle vous donne l'occasion de montrer si vous savez danser… Or, il n'y a pas à dire, Sir Gerald est un danseur hors pair. C'est incroyable, cette façon qu'il a de sauter, de frapper les pieds l'un contre l'autre, de les faire voleter sur les rythmes les plus enlevés. Ensuite, j'ai dû sauter à mon tour, et lorsqu'il m'a prise par la taille et m'a soulevée, il m'a portée très haut, bien plus que le maître de danse, qui se plaint toujours que nous lui brisons les reins. J'ai fusé à la verticale, j'ai tournoyé sur moi-même et suis retombée exactement au même endroit, tant le porté était parfait. Ses mains fermes m'ont retenue à l'atterrissage, puis m'ont soulevée de nouveau. À la fin des sauts, j'étais hors d'haleine.

— Croyez-vous que Lord Robert saurait vous faire voltiger ainsi, Lady Grace ? m'a chuchoté Sir Gerald, pas le moins du monde essoufflé, comme nous marchions en cercle en nous tenant les mains, avec les autres danseurs. Ou Sir Charles ?

Pour Sir Charles, je sais : la réponse est non. Il a déjà toutes les peines du monde à m'aider à me hisser en selle. Mais Lord Robert ? Aussi svelte soit-il, il n'a rien d'une mauviette. Dans ses bras, je l'avais remarqué, Mary Shelton semblait une plume, et Dieu sait qu'elle tient davantage du pudding que de la plume…

— Ne vous laissez pas conduire à l'autel par n'importe qui, jeune lady, a repris Sir Gerald tandis que la partie marchée s'achevait. Lord Robert est sans le sou, et Sir Charles vous préférera toujours ses chevaux. Choisissez-moi plutôt.

Puis la danse nous a séparés, me laissant un peu agacée. Je n'aime pas beaucoup qu'on me dicte mes pensées. De toute manière, je le savais déjà, à qui allait ma préférence. Certainement pas à Sir Gerald et à ses airs suffisants. Qu'il aille donc à Lady Sarah !

Enfin, la reine a tapé dans ses mains et m'a fait signe d'approcher. Sur un fond d'air de viole, très doux, elle a pris bien haut la parole :

— Mes amis ! Aujourd'hui est jour de bonheur pour notre chère Lady Grace Cavendish. Elle m'a mandé d'accorder sa main à quelque gentleman de mon choix…

Rien de plus faux, naturellement. Mais c'était, je le sais, l'une des dernières volontés de mon père – un souhait émis par lui comme il guerroyait en France pour la reine, dans les premières années de son règne.

— Doncques, j'ai sélectionné pour elle trois nobles vaillants, que toute femme serait heureuse de prendre pour époux. Lequel d'entre eux saura ravir le jeune cœur de notre Lady Grace ?

Un murmure a parcouru l'assistance. Lord Robert s'est approché, il a mis un genou en terre.

— Euh… mmm… mmmoi, Mmmajesté.

Sir Gerald s'est agenouillé à son tour.

— Très Gracieuse Majesté, dont la grâce se grandit encore par ce geste… (J'ai vu Lord Worthy esquisser un sourire, charmé sans doute par son neveu.) Ce qu'il faut à notre Lady Grace, c'est un homme, un vrai. Je crois pouvoir dire que, sur ce point, nul ne saurait convenir mieux que moi.

De petits gloussements sont montés du rang des demoiselles d'honneur et Lord Robert, plus rouge que les tentures, s'est pris d'intérêt pour le parquet ciré.

Enfin, Sir Charles s'est avancé et, sans un craquement d'articulation, il a mis un genou en terre.

— Cependant, Majesté, c'est moi, sans doute permis, qui ferai pour elle le meilleur époux. Car chacun sait qu'une douce amitié nous lie déjà.

Et moi, les yeux sur lui, j'étais fort mal à l'aise. Nous sommes amis, c'est vrai – enfin, si l'on peut dire –, mais ce soir, à mon avis, il me semblait presque étranger. Où donc étaient sa mine réjouie, sa bonne humeur coutumière ? Était-il donc anxieux, lui aussi ?

D'un claquement de mains, la reine leur a fait signe de se relever.

— Votre raison a parlé, mais qu'en est-il du fond de vos cœurs ? Qu'en est-il de celui, tendre et candide, de Lady Grace ? Voyons à présent si les cœurs, en cette fête de Saint-Valentin, sauront se parler l'un à l'autre.

Elle s'est tournée vers moi, m'a fait signe d'approcher encore. À mon tour, sur une révérence, j'ai mis un genou en terre. Elle m'a pris la main, m'a fait relever.

— Chacun des prétendants de Lady Grace Cavendish lui a apporté un présent. Les trois présents sont sur cette table, sans aucune marque extérieure. C'est à Lady Grace, en cette heure, de choisir celui vers lequel son cœur la guide. Ainsi désignera-t-elle l'homme à qui elle accordera sa main.

Mon cœur – ce cœur censé me guider – s'est mis à cogner comme un sourd, et une horrible envie de vomir m'a prise. Ce qui n'était vraiment pas le moment, devant la reine et la cour entière.

— Approchez, chère enfant, et voyez ce que vous disent ces présents.

J'ai obéi et soulevé un à un les carrés de soie blanche recouvrant les coussins.

Sous le premier est apparu un petit flacon d'ivoire serti d'argent dont le couvercle, dévissé, pouvait faire office de gobelet – un peu comme celui, empli d'eau-de-vie, que la reine glisse dans sa manche pour aller à la chasse.

Sous le deuxième, à mon ravissement, se trouvait un couteau tout orné, une dague miniature au manche incrusté de perles et de grenats, avec un petit Cupidon de nacre tout au bout. J'ai déjà un couteau, bien sûr, celui dont je me sers pour la table. Mais son manche en os et son fourreau de cuir brut manquent d'élégance et de fantaisie, trop pour convenir aux jours de fête. Celui-ci me plaisait bien. Je l'ai pris en main pour l'examiner. Était-il seulement destiné à faire joli ? Que nenni ! Sa lame d'acier m'est apparue d'un tranchant redoutable. Prudemment, je l'ai remis à sa place.

Sous le troisième, enfin, reposait un collier de perles à maillons d'or. Tout simple, mais très long, à porter en sautoir autour du cou et laisser pendre jusqu'à la taille ou à poser sur les cheveux, en bandeau, comme un diadème. J'adore les perles. Ma mère en portait souvent. Je ne me sépare jamais de la petite bague ornée de perles autour d'un diamant que je tiens d'elle. Et qu'avait dit Masou, l'autre jour, déjà ? J'ai jeté un regard furtif vers l'angle de la salle où il jouait du luth avec les autres musiciens. Il m'avait demandé pourquoi je ne portais pas de collier. Bonne question…

J'ai reculé, j'ai salué Sa Majesté d'une profonde révérence, puis j'ai respiré un grand coup. L'instant était venu de prendre la parole.

— Puis-je exprimer ce que ces présents m'évoquent, Majesté ? (J'avais une peur horrible de prononcer des sottises.) Ce flacon est joliment fait pour emporter à la chasse de quoi se revigorer. Sans doute Sir Charles, qui tente d'améliorer mes piètres talents de cavalière, espère-t-il que j'en aurai bientôt l'usage. Je vois dans ce présent le désir de partager un plaisir favori, ce qui est la marque d'un caractère bon et généreux.

Sir Charles s'est incliné.

— Hélas, je crains que le jour où je monterai assez bien pour en être digne ne soit encore fort lointain.

Puis je me suis tournée vers le long collier de perles.

— Celui qui m'a fait don de ces perles sait qu'il s'agit de mon joyau préféré, et il a su m'en offrir une longueur suffisante pour que je ne me sente pas ligotée. Je perçois là un cœur sensible à mes désirs. Néanmoins, ce rang de perles n'est-il pas destiné à me tenir plus ou moins captive ?

Lord Robert s'est empourpré ; je le savais, que c'était son cadeau ! Il a réagi d'une courbette.

À ce stade, Sir Gerald bombait déjà le torse.

— Cette jolie dague, enfin. Assurément, sa lame suggère un esprit tranchant comme l'acier et une intelligence acérée. Difficile de résister devant ce manche ravissant… Mais courtise-t-on une dame avec une lame ? Un couteau tranche les liens et jamais ne les noue.

Sir Gerald s'est renfrogné. Sa bouche a pris un vilain rictus. Il a vidé d'un trait sa coupe et fait signe à son page de la remplir à nouveau.

Alors je me suis tournée vers la reine et j'ai remis un genou en terre.

— En conclusion, Majesté, je me plais fort à votre service. Je n'ai encore aucunement le désir de me marier.

Mais la reine a fait non de la tête avec un sourire attristé.

— C'est une promesse que j'ai faite à vos parents, Lady Grace. Vous devez choisir un époux qui prendra soin de vos biens.

— En ce cas…

Je me suis relevée avec un soupir. J'ai réfléchi une dernière fois, j'ai caressé du bout des doigts la jolie dague et le flacon, puis j'ai pris le collier qui me plaisait tant et l'ai passé à mon cou, précautionneusement.

— En ce cas, je choisis le présent de Lord Robert.

Il a paru estourbi. Un cheval pris de coliques, aurait dit Masou. J'ai failli éclater de rire.

Il s'est avancé, plus pivoine que jamais, pour me faire un baisemain.

— Euh… Lady Grace… Je… hmm…

Les musiciens ont attaqué les premières mesures d'une nouvelle volte. Sir Gerald, roulant des yeux, a vidé une nouvelle coupe. En trois enjambées, Lord Worthy l'a rejoint pour lui glisser quelques mots à l'oreille, mais il n'en a tiré qu'un grognement.

Alors, Lord Robert et moi avons dansé la volte, tous les regards braqués sur nous. Ainsi, j'ai pu tester sa force. Oui, il m'a parfaitement rattrapée le moment venu – mais rien à faire, en revanche, pour lui tirer autre chose que des « hmm » et des « euh ». Le malheureux, il me faisait pitié. Mais bon, au moins, quand nous serons mariés, je pourrais parler tout mon soûl sans craindre qu'il me coupe la parole.

Très vite, d'autres couples se sont lancés dans le tourbillon de la volte, sautant et tournoyant en cadence. Assis près d'une rangée de chandelles, Sir Charles nous regardait, la bouche amère. Puis Sir Gerald est passé près de nous, une suivante bien en chair à son bras. Au passage, il a bousculé Lord Robert et lui a marché sur le pied avant de redisparaître à nouveau.

Nul n'avait rien remarqué, mais moi, j'ai vu Lord Robert porter la main à sa ceinture, je l'ai entendu siffler entre ses dents :

— Tudieu…

Pour l'apaiser, j'ai posé ma main sur la sienne et je lui ai chuchoté :

— Mais vous avez gagné, monseigneur, et lui, perdu. Pourquoi ne pas noblement pardonner ?

— Lady… Grace… a-t-il murmuré, v-vous… êtes m-m-merveilleuse…

Seigneur ! Une phrase complète ! Et un compliment de surcroît. C'était bien le plus long discours que je l'aie jamais entendu prononcer. Pour la peine, je lui ai posé un petit baiser sur la joue.

C'est à partir de là que tout s'est gâté.

La danse me donne toujours soif. Sitôt le morceau terminé, je me suis éventée et j'ai demandé gentiment à boire. Lord Robert s'est approché du buffet aux rafraîchissements. Là, il a attendu patiemment que Lord Worthy se soit fait servir un peu d'hydromel avant de prendre une coupe de vin pour lui-même et, pour moi, une coupe vénitienne d'eau de fleurs d'oranger.

Sir Charles et Sir Gerald reprenaient les cadeaux que j'avais délaissés. Pauvre Sir Charles. J'étais navrée de l'avoir déçu, lui si gentil, d'ordinaire ! Sir Gerald rongeait son frein – blême, le regard incendiaire, deux taches rouges à la place des joues. Je l'ai vu, un peu titubant, rengainer la petite dague et la remettre à son ceinturon, et je l'ai entendu gronder :

— Petite sotte… Si elle se figure qu'il prendra soin d'elle…

Là-dessus, il a recraché la moitié de son vin, au grand dam de sa fraise tuyautée qui s'est étoilée de mouchetures roses. Bien pis, il a tendu sa coupe pour qu'on la lui remplisse à nouveau. Mais là, il s'est heurté au refus des pages. La reine interdit formellement de resservir quiconque est soupçonné de ne plus se maîtriser. Pas de scandales à la cour. Elle ne les tolère pas, contrairement à son voisin le roi d'Écosse, par exemple.

— Corbleu ! a rugi Sir Gerald. Déjà plus de quoi se rincer le gosier ?

Aïe aïe aïe ! il devenait grossier. J'ai pris ma coupe des mains de Lord Robert, mais je n'aimais pas les regards noirs qu'il jetait à Sir Gerald. En tout cas, je me félicitais de n'avoir pas choisi la petite dague. Qui voudrait d'une brute pour mari ?

Soudain l'assistance s'est scindée en deux. La reine s'est avancée, droite comme un i. Quiconque la connaît pouvait voir qu'elle bouillonnait intérieurement.

— S'il vous faut encore un peu de vin pour noyer votre dépit, Sir Gerald, a-t-elle dit d'un ton très calme, gageons que l'homme qui a ravi le cœur de Lady Grace aura la générosité de vous offrir le sien.

Les doigts crispés sur sa coupe, Lord Robert a viré au rouge betterave. Mais Lord Worthy s'est précipité pour prendre Sir Gerald par le bras.

— Merci, ce ne sera pas la peine, s'est-il hâté de dire. Venez donc, mon neveu. Vous avez assez bu pour la soirée, ce me semble.

Mais la reine tenait à son idée.

— Sir Gerald désire du vin ? Que du vin lui soit donné ! Peut-être vous déplaît-il de recevoir ce vin de la main de votre vainqueur, Sir Gerald…

Elle avançait toujours, le menton haut, main tendue vers la coupe de Lord Robert. Moi, le voyant cloué sur place, je lui ai discrètement écrasé un orteil. Il a eu un petit sursaut et, s'inclinant devant Sa Majesté, il lui a remis sa coupe. Alors la reine s'est retournée vers Sir Gerald en enchaînant :

— Mais nul doute que vous l'accepterez avec joie si c'est ma main qui vous l'offre.

Et brusquement j'ai mesuré avec quel doigté elle retournait la situation. Par ce geste, elle tuait dans l'œuf une mauvaise querelle, évitant peut-être un duel.

Sir Gerald n'avait pas le choix. Il a pris la coupe et s'est incliné devant la reine en murmurant :

— D'une main si gente et noble, qui pourrait refuser ?

Et il a bu d'un trait. Puis il a voulu exécuter une seconde courbette, mais là, il a perdu l'équilibre et s'est affalé comme un sac de sable.

Je n'ai pu me retenir de rire, non plus que la reine et toute l'assemblée, pour ne rien dire de Lord Robert.

Seul Lord Worthy ne riait pas. Il semblait terriblement contrarié. Il s'est précipité, il a remis son neveu sur pied, lui a sifflé quelques mots à l'oreille. Ce dernier, un peu moins chancelant, a esquissé une nouvelle courbette et bredouillé :

— Avec votre aimable permission, Majesté, je crois qu'il vaut mieux que je prenne congé.

— Allez, Sir Gerald, allez, a répondu la reine, acerbe. Ce sera plus sage, en effet. Sombrer dans les vapeurs de l'alcool n'a jamais guéri un cœur brisé, mais sombrer dans le sommeil vous fera le plus grand bien. Au matin, tout sera oublié.

À mon avis, Sa Majesté a fait preuve de clémence. D'ordinaire, elle n'a nulle merci pour quiconque s'enivre devant elle, surtout jusqu'à s'écrouler !

D'un autre côté, je m'étonne. Jamais je n'aurais cru que mon refus désolerait Sir Gerald au point de le pousser à se rendre ivre mort.

Lord Worthy s'apprêtait à raccompagner son neveu, mais il n'avait pas atteint la porte que la reine l'a rappelé.

— Lord Worthy, mon fidèle ami, restez. Aussi longtemps que le comte de Leicester sera absent, il me faudra un cavalier. M'accorderez-vous cette danse ?

On ne dit jamais non à la reine, et pourtant Lord Worthy ne semblait guère enchanté. Cependant il s'est incliné. Il a baisé la main de Sa Majesté et l'a entraînée à la tête d'une farandole française.

Pour ma part, après ces émotions, j'avais si chaud dans ma robe de velours que j'ai bien cru que j'allais fondre. Au bout d'un moment, j'ai chaussé mes socques et, discrètement, je suis sortie. Aussitôt, la fraîcheur humide du jardin privé m'a requinquée. Je suis passée devant des buissons dont chacun semblait bien abriter un couple – sauf un, sous lequel un gentleman, allongé sur le dos, chantait pour les étoiles. Sans m'attarder, j'ai passé le labyrinthe pour gagner la partie du jardin qui donne sur les cuisines et le cellier.

Là, j'ai trouvé Elsie en compagnie de Pip, le vieux valet de chambre de Sir Gerald, manifestement aux abois.

— Moi, tout ce que je voulais, se lamentait-il, c'était brosser son costume. Au moins le secouer et le brosser, ou peut-être le saupoudrer de poudre de pétales de rose avant de le suspendre, qu'il puisse le remettre demain. Mais lui, il était fou de rage, fou furieux…

Avec un petit *tst-tst* résigné, Elsie a filé dans l'une des remises pour en ressortir armée d'une serpillière et d'un seau.

— Et où est-ce qu'il a rendu, alors ?

— Dans sa chambre, au bord du tapis. Faut pas m'en vouloir, je ferais bien ça moi-même, mais il m'a envoyé au diable… Bon, à l'heure qu'il est, je crois qu'il dort déjà, mais si jamais…

— Pas grave, a soupiré Elsie avec un petit sourire désabusé. J'ai l'habitude, après les banquets.

M'apercevant, elle a levé les yeux au ciel d'un air entendu. Elle avait déjà roulé ses manches et renoué son tablier.

— Et ses habits seront tout froissés, sa fraise toute déformée, se tourmentait Pip. Et demain matin, quand il se réveillera et qu'il verra ça, c'est sur moi que ça retombera, sûr ! Je vais me prendre une de ces raclées…

Le pauvre diable, il s'en tordait les mains. Ah ! je suis bien heureuse de n'avoir pas choisi la jolie petite dague. La façon dont les gens traitent leurs domestiques en dit long sur eux, et ce n'est pas bon signe, ça non, que ce pauvre Pip ait si peur de Sir Gerald.

— Il est dans l'une des chambres de Lord Worthy, pas vrai ? a repris Elsie.

— Oui, la première à gauche.

— Alors, écoute. Je vais aller frapper à la porte et entrer pour nettoyer. Si ça ne le réveille pas, tu sauras qu'il n'y a pas de danger, que tu peux y aller et tout mettre en ordre. Comme ça, tu dormiras tranquille.

Pip lui a jeté un regard si reconnaissant qu'il en faisait pitié.

— Vrai ? Tu ferais ça pour moi ? Prends garde, hein, s'il se réveille ! Quand il a bu, vaut mieux pas se frotter à lui.

— Allons donc ! Si je ne savais pas esquiver les coups d'un ivrogne, ben ! je les mériterais, oui, ces coups. Allez, cesse donc de te tracasser.

Et elle a filé en direction des appartements de faveur* avec son seau et sa serpillière.

J'ai regagné le chapiteau, où la lumière des chandeliers filtrait à travers la toile peinte. Vénus et Adonis projetaient leur ombre sur la pelouse et c'était si joli que, malgré le froid, je me suis attardée à les admirer un instant.

C'est alors qu'une ombre s'est approchée et m'a saluée, cherchant ma main.

— Qui va là ?

— Rr.. Robert.

Rassurée, je l'ai laissé me prendre la main. Dans l'obscurité, je ne percevais qu'une forme.

— Quand p-p-pourrai-je vous embrasser, Lady Grace ?

Diantre ! encore un long discours ! Peut-être les mots lui viennent-ils plus aisément à l'abri des regards.

J'ai répondu d'un petit ton sage :

— Dans un mois ou deux, quand les hommes de loi auront tout réglé et que nous serons fiancés pour de bon.

Alors, il s'est contenté d'un baisemain et j'ai laissé faire. C'était très romantique et fort convenable.

— Cela p-paraît loin. V-voulez-vous retourner d-danser, Lady Grace ?

— Avec vous ? Volontiers.

Nous avons donc rejoint les autres pour une nouvelle farandole – ce qui était courageux de la part de Lord Robert, étant donné que, durant toute la volte, je n'avais cessé de lui marcher sur les pieds.

Au bout de quatre ou cinq danses, Sir Charles est réapparu, l'air toujours aussi accablé. En parfait gentleman, il a serré la main de Lord Robert, mais il ne me quittait pas des yeux, ce qui me mettait mal à l'aise. Puis j'ai vu revenir Pip, le valet de Sir Gerald. Il est allé glisser quelques mots à l'oreille de Lord Worthy, qui tenait l'éventail de la reine tandis qu'elle suivait la démonstration d'un nouveau pas de volte. Apparemment, Lord Worthy a commencé par répondre d'un ton sec, mais Pip a insisté, et, à en juger par ses gestes, il a expliqué que Lord Gerald avait été malade et qu'à présent il dormait. Sur quoi Lord Worthy a paru se calmer.

Enfin, la reine a décidé qu'elle avait assez dansé, et qu'il en était donc de même des dames et demoiselles de sa suite. Nous nous sommes alignées comme pour notre arrivée, quoique dans un ordre un peu moins parfait, je le crains, et nous sommes sorties d'un même pas, au son des dernières mesures. Derrière nous, les messieurs parlaient de prendre un bateau pour descendre au Jardin de Paris*.

Je m'apprêtais à aider Sa Majesté dans ses préparatifs pour la nuit, mais elle m'a congédiée d'un geste.

— Non, ma chère enfant, prenez plutôt Fran avec vous et allez vous coucher. Vous devez tomber de fatigue.

Et soudain j'ai senti mes pieds tout endoloris, mes jambes toutes courbatues, pour ne rien dire de mon pauvre estomac, comprimé tout le jour sous mon nouveau corset. J'ai mis un genou en terre et remercié Sa Majesté d'un baisemain.

Elle m'a souri.

— Alors, chère enfant, ce bal de la Saint-Valentin a-t-il été à votre goût ?

— Oh oui, Majesté ! Ce fut une merveilleuse soirée.

Et c'est la vérité : une fois passé l'épreuve du choix des présents, je ne me suis certes pas ennuyée.

Comme je me retirais, la reine a ajouté :

— Grace, une petite surprise vous attend sur votre oreiller…

Intriguée, j'ai fait ma révérence et me suis hâtée de regagner ma chambre, escortée de Fran.

Par bonheur, se dévêtir prend nettement moins de temps que se vêtir. En un tournemain, Fran a dénoué les rubans, défait les agrafes, et m'a extraite de ma lourde jupe de velours rose et de ma basquine*. Ensuite est venu le tour de mon premier jupon, puis de ma vertugade, puis de mon deuxième jupon et, pour finir, délivrance : mon corset à la française, délacé, a relâché son étau, et j'ai poussé un immense soupir de soulagement.

Enfiler un corset, ce n'est pas si détestable : on se retrouve la taille toute fine et c'est ma foi bien joli. Mais c'est encore plus délicieux de l'enlever et de ne plus se sentir raide comme un manche à balai. Seul détail gênant : instantanément ou presque, vos boyaux se remettent en mouvement et il vaut mieux être seule. En bonne chambrière, Fran le sait. Elle a souri et m'a glissé, avec un baiser sur la joue :

— Vous étiez très belle ce soir, Lady Grace. La plus belle de toutes.

Joli mensonge que voilà. Des cheveux châtains tout plats éclipser les boucles cuivrées d'une Lady Sarah ? Ce n'est pas demain la veille, mais qu'importe ? C'était si gentiment dit ! J'ai rendu son baiser à Fran et elle m'a laissée seule, emportant jupe, jupons, corset, basquine, partelet, bas de soie et le reste afin de tout brosser et suspendre comme il se doit.

J'ai retiré le collier de perles offert par Lord Robert, je l'ai posé sur ma table de chevet, puis j'ai enfilé ma chemise de nuit et fait mon petit détour urgent par la chaise percée*.

Fran avait versé pour moi de l'eau de rose dans le broc de toilette. Je me suis lavé le visage, puis, avec ma flanelle à dents neuve et un peu d'eau de fenouil, j'ai débarrassé ma bouche des dernières traces de pâte d'amandes.

Et voilà. Le feu crépite doucement dans la cheminée, il fait plutôt bon dans la pièce, surtout avec ma robe de chambre en laine. Assise dans mon recoin préféré, j'achève de coucher sur le papier le récit de cette longue journée.

Peut-être qu'à l'heure où j'écris ces lignes, ma mère les lit depuis là-haut. C'est presque comme si j'écrivais pour elle. Je sais qu'elle aurait été heureuse de me voir danser. Qu'aurait-elle pensé de mes prétendants ? Je crois qu'elle aurait approuvé mon choix. À mon avis, Sir Gerald lui aurait déplu autant qu'à moi, et elle aurait très bien compris que je trouve Sir Charles un peu vieux.

J'ai peine à garder les yeux ouverts. Je crois qu'il est temps d'aller au lit.

Le quinzième jour de février, en l'an de grâce 1569. Les petites heures du matin.

J'avais l'intention de dormir, mais le sommeil m'a désertée. Je suis toute chamboulée, il faut que j'écrive.

En ouvrant mon lit pour me coucher, j'ai découvert un petit paquet sous la courtepointe*. J'ai commencé par me demander lequel de mes trois soupirants avait pu le placer là, puis je me suis souvenue des mots de la reine au moment de nous quitter : « Une petite surprise sur l'oreiller... »

J'ai pris le paquet, je l'ai approché de la chandelle – et je l'ai reposé vivement lorsque j'ai reconnu l'écriture sur le papier. C'était celle de ma mère, et la date inscrite était le 14 février 1568, nuit de sa mort.

Parfois, je me dis que ce soir-là, au lieu de dormir comme un loir dans la chambre maternelle, il eût mieux valu que je fusse un ange en paradis. Peut-être alors eussé-je pu la sauver.

Mais je vais tenter de raconter l'histoire en bon ordre, comme le ferait un ménestrel. C'est mon seul espoir d'y voir clair dans ma tête. Je me suis laissé dire que, lorsqu'on a un poids sur le cœur, le mieux est de le mettre en mots. Alors le souvenir, dompté, cesse d'enfiévrer les pensées.

Ma mère, Lady Margaret Cavendish, était l'une des dames de compagnie de la reine, plus précisément l'une de ses dames du lit, et l'une de ses plus proches amies. Au soir du 13 février 1568, après m'avoir bordée sur ma couche, elle était retournée auprès de Sa Majesté afin de dîner avec elle dans l'intimité, lorsqu'un envoyé du secrétaire particulier de la reine vint annoncer un message urgent en provenance d'Écosse. La reine elle-même m'a raconté qu'alors elle se leva de table, assurant qu'elle n'en avait pas pour longtemps, et recommandant à ma mère de boire un peu de vin afin de soulager sa migraine. Puis elle alla s'enquérir des nouvelles venues d'Écosse.

Alors ma mère se servit un doigt de vin et en but une gorgée…

Chaque fois que j'y repense, c'est là que je voudrais être un ange. J'entrerais à tire-d'aile dans cette salle et je dirais à ma mère : « Lady Cavendish ! Lady Cavendish ! ne buvez pas de ce vin-là ! » Saisie, ma mère laisserait tomber le gobelet, et l'un des canaris de la reine – le jaune verdâtre, celui qui est méchant et vous picore les cheveux – se précipiterait pour en boire une goutte. Aussitôt, il tomberait raide mort, et ma mère déciderait de ne pas boire de ce vin.

Ensuite, la reine reviendrait. Elle appellerait ses gardes, ferait examiner le vin, et le docteur découvrirait des traces de ce poison mortel tiré des feuilles et tiges d'une plante nommée « raisin de vipère » ou « crève-loup ». Et l'ordre serait donné de tirer immédiatement les verrous de toutes les portes du palais, et l'on attraperait ce Français diabolique envoyé par les Guise dans le but d'assassiner notre souveraine…

Mais les choses se passèrent autrement. Ma mère but le vin destiné à la reine et aussitôt elle se trouva mal.

Moi, je ne le sus que plus tard, lorsque Mrs Champernowne vint m'éveiller pour m'envelopper dans sa grande robe de chambre pelucheuse. Comme je dormais plus qu'à moitié, je n'arrivais pas à marcher droit, aussi me transporta-t-elle comme un paquet de linge ou comme un bébé – j'ai peine à y croire, surtout quand elle fait sa sévère, et pourtant c'est la vérité.

Dans sa chambre, à notre arrivée, la reine était en train d'écrire, les joues baignées de larmes. De l'encens brûlait dans une coupelle, mais une odeur inconnue, âcre, repoussante, flottait sur la pièce. Mrs Champernowne aussi pleurait, alors je fondis en larmes à mon tour, quoique sans savoir pourquoi, j'avais bien trop sommeil pour comprendre. Puis mon regard se porta sur le lit de la reine et ma mère gisait là, son corset délacé. On avait dû lui faire une saignée, car elle avait un bandage au bras. Alors je m'éveillai pour de bon.

Ma mère avait les yeux clos et ses traits semblaient de cire. Un soupçon d'écume jaunâtre perlait aux coins de sa bouche.

Je me ruai vers elle.

— Qu'est-ce qu'elle a ? Est-ce la peste ?

— Non, Grace, me répondit la reine d'un ton sombre. Non, hélas ! car nous aurions encore une chance de la sauver. Je crains fort qu'elle n'ait absorbé du poison – du poison à moi destiné. Le médecin a emporté un peu de ses vomissures pour les examiner en son laboratoire.

À cet instant, la porte s'ouvrit et mon oncle paternel, le Dr Cavendish, s'avança en trombe, vêtu de sa longue pelisse. Il gagna le chevet, reprit le pouls de ma mère, palpa son front, lui ouvrit un œil, puis la bouche.

Moi, je serrais sa main molle dans la mienne. Elle allait mourir, je le savais. Elle allait mourir et me laisser seule. On dit parfois que le cœur se brise, eh bien ! c'est exactement ce que je ressentais. Comme une grande cassure sous les côtes, tant cela me faisait mal.

Pour finir, mon oncle Cavendish hocha la tête.

— Oui, Votre Altesse, c'est bien un empoisonnement, dit-il d'un ton accablé. Si j'en crois la tache jaune sur le tapis, il est à craindre qu'il ne s'agisse de crève-loup.

Je revois encore son visage défait. Il avait toujours beaucoup aimé ma mère.

— J'ai un peu de corne de licorne dans mon cabinet de remèdes, dit la reine. Ainsi qu'une pierre de bézoard*…

— Hélas, Votre Altesse, contre le crève-loup, rien de tout cela n'a d'effet. Avant longtemps, j'en ai peur…

Il n'acheva pas sa phrase.

— J'ai fait appeler l'aumônier, murmura la reine.

Ils avaient beau parler très bas, j'avais tout entendu. J'éclatai en sanglots et serrai ma mère dans mes bras, comme si je pouvais encore la retenir, tout en lui chuchotant très bas :

— Mère, oh ! mère, ne me quitte pas. Reste avec moi, oh ! s'il te plaît, mère…

Mais elle était déjà trop loin pour m'entendre.

Je sentis mon oncle derrière moi.

— Elle ne souffre pas, Grace. Elle ne sent plus rien.

Pourtant, j'en suis certaine, certaine absolument, lorsque je portai sa main à mes lèvres, ses doigts pressèrent les miens, très doucement, en manière d'adieu. Puis je lui déposai un baiser sur le front.

Alors la reine vint auprès de moi et me prit dans ses bras, sans souci de mes larmes qui détrempaient sa basquine de velours. Un long moment elle me berça sans mot dire, et je sentais qu'elle aussi pleurait.

Ma mère est morte voilà tout juste un an, aux premières heures du matin, le 14 février de l'an 1568, la nuit la plus dure de ma vie. Lors du décès de mon père, mort pour notre reine en terre de France, j'étais trop jeune encore pour comprendre. Mais perdre ma mère à douze ans… Je ne dirai pas mon chagrin, parce que les mots me manquent et que je ne suis pas poète, mais son départ a laissé une immense trouée dans ma vie.

Oh ! tout le monde m'a entourée d'attentions, et plus particulièrement la reine. Chaque fois que le chagrin prenait le dessus, elle a su me réconforter, et promettre que jamais elle ne me confierait à quiconque. Lord Worthy s'est porté volontaire pour me tenir lieu de tuteur et gérer mes biens au mieux, du moins jusqu'à ce que je me marie et que cette tâche revienne à mon époux. Mon oncle Cavendish ne pouvait s'en charger pour raison de santé, m'a-t-on dit. Je crois surtout que, malheureusement, il est pris de boisson les trois quarts du temps. Il avait toujours beaucoup aimé ma mère et ne s'est pas remis du choc de n'avoir pu la sauver.

J'oubliais : oui, pour finir, on a retrouvé l'empoisonneur. Il avait agi, bien entendu, à la solde des Guise. Ces scélérats ne rêvent que de renverser notre souveraine. Il a été tué dans la bousculade, comme il tentait d'échapper à ses poursuivants. Sa Majesté était furieuse, elle eût grandement préféré le pendre. De mon côté, je ne pense pas qu'une exécution m'eût fait le cœur plus léger.

En buvant le poison destiné à la reine, ma mère lui avait sauvé la vie, à sa façon – épargnant sans doute au royaume une terrible guerre de religion, pareille à celle qui fait rage en France. C'est pourquoi elle a été inhumée dans la chapelle de Whitehall.

Et maintenant, ayons le courage d'ouvrir ce petit paquet.

*

Las ! Je viens de faire une tache sur mon cahier – c'est ce paquet qui m'a fait pleurer.

Comme j'étais en train de l'ouvrir, un petit sachet de cuir en a chu. Je l'ai laissé sur l'oreiller pour lire plutôt la lettre qui l'accompagnait et dont je reconnaissais l'écriture : c'était celle de ma mère, du moins pour la première moitié, devenant de plus en plus irrégulière au fil des lignes. L'autre moitié était de la main de Sa Majesté, d'une belle écriture, ample et régulière. Deux taches sèches étoilent le bas du papier, des larmes à peu près sûrement. C'est cette missive, je gage, qu'achevait de rédiger la reine lorsque Mrs Champernowne m'a menée auprès d'elle, cette nuit-là. Je vais garder cette lettre précieusement serrée dans ce cahier.

Ma très chère enfant,

Je suis mourante. Mon cœur se brise à la pensée de ne pas te voir devenir femme ni trouver un époux qui prendra soin de toi et de tes biens.

Tes treize ans approchant, il va cependant falloir te trouver bientôt un mari. Malgré l'infinie bonté de la reine, la cour n'est point un lieu pour une toute jeune fille. Sa Majesté est du même avis et elle se chargera de te trouver le meilleur parti possible, afin que tu puisses te marier lorsque sonneront tes seize ans.

Sois bien certaine que la reine ne fera pas moins pour toi que j'eusse fait moi-même. Je te lègue d'ores et déjà la bague ornée de perles que je tenais de ton père, ainsi que toutes mes robes, mes chevaux et nos biens, terres et bâtisses comprises. Lors de tes fiançailles, tu recevras mes pendants d'oreilles ornés de perles.

Tu as été pour moi une enfant sans reproche, chère petite Grace, et le cœur me fend de te quitter si tôt, mais l'appel de Dieu est sans réplique. Je prie le Ciel de te rendre heureuse et vertueuse, et aimée de tous – autant que tu l'es de moi.

Adieu, joie de mon cœur, sois bien certaine qu'au jour du Jugement nous serons de nouveau réunies. En attendant, que ma tendresse reste en ton cœur à jamais.

Ta mère,
Margaret, Lady Cavendish

Je viens d'ouvrir le petit sachet de cuir. À l'intérieur, j'ai trouvé des pendants d'oreilles – superbes, en perles véritables rehaussées de diamants et de rubis, un peu semblables à ceux que la reine porte parfois, quoique en plus petit.

J'ai pris ma chandelle et, à pas de loup, je suis allée devant le miroir de Lady Sarah pour voir à quoi je ressemblais, avec ces pendants aux oreilles. Les pierres captaient la lueur de la flamme et un instant j'ai cru voir ma mère en lieu de mon reflet.

Oh non, encore une tache ! Il est temps de dormir.

*

Plus tard ce même jour – cinq heures du matin au carillon de la chapelle.

Il fait encore nuit noire. Quelque chose m'a éveillée. Je suis dans mon lit, la lettre de ma mère sous l'oreiller. Ce n'est jamais qu'un papier, mais grâce à lui je me sens plus proche d'elle, presque comme si elle était dans la pièce, comme au temps où nous partagions sa chambre, toutes deux, non loin de celle de Sa Majesté. Il faut que j'écrive. J'espère que je ne vais pas tacher mes draps.

Les deux autres ronflent encore dans les lits voisins – non, j'exagère, elles ronflent à peine, ce n'est pas ce qui m'a éveillée. On dirait plutôt qu'il y a de l'agitation du côté des appartements de faveur… J'entends discuter à voix basse, courir sur la pointe des pieds, chuchoter avec fièvre. Oui, il doit se passer quelque chose d'anormal. Et, bien entendu, nul ne veut réveiller la reine. Elle n'est jamais de très bonne humeur à potron-minet*, et moins encore lorsqu'elle s'est couchée tard.

Oh oh ! les choses ont l'air d'empirer, là-bas. Il faut que je sache de quoi il retourne. J'y vais.

*

Je n'arrive pas à y croire. Un duel, passe encore. Ce sont des choses qui arrivent. Cela fait un beau scandale et puis les choses se tassent. Mais ce genre d'affaire à la cour ? J'ai peine à écrire tant ma main tremble.

Je viens de mettre au courant Mary Shelton et Lady Sarah. Elles se sont précipitées aux nouvelles, bien sûr. Moi, je ne veux pas y retourner. Il faut que je réfléchisse.

Bizarrement, il me semble qu'un siècle s'est écoulé depuis tout à l'heure, quand j'ai passé ma robe de chambre pour me faufiler dans le couloir. En réalité, il ne doit pas y avoir plus d'une demi-heure de cela. Le bruit m'avait semblé provenir des appartements de faveur, où sont logés

Lord Worthy, Sir Charles et quelques autres, c'est donc là que j'ai dirigé mes pas.

Comme je n'avais pas pris de chandelle, j'ai circulé à tâtons le long du corridor dallé, puis dans l'escalier, puis le long du corridor du dessous. Vers le fond de celui-ci, un petit attroupement s'était formé devant une porte, tout le monde ou presque en chemise, comme moi, certains avec un manteau ou une robe de chambre par-dessus.

Et puis j'ai vu ce pauvre Pip, blanc comme farine, qui se tordait les mains en bégayant :

— Je suis juste ent-ré dans la chambre pour… l-lui mettre un peu de p-pain et de b-bière pour quand il s'é-veillerait, et… et j'ai vu ça…

Tout doux, j'ai joué des coudes afin de me faufiler vers l'avant. Et à mon tour j'ai vu ce qui causait tant d'émoi.

Je n'ai pas crié. J'ai porté les mains à ma bouche, sans un son. Et je ne suis pas non plus tombée en pâmoison ; c'est bon pour Lady Sarah. Mais mes jambes se sont faites toutes molles et mon estomac s'est soulevé.

Sir Gerald était là, encore dans son pourpoint de velours, à plat ventre sur son lit aux tentures ouvertes.

Entre ses omoplates était fichée une arme.

Pire : l'arme n'était autre que la jolie petite dague qu'il avait voulu m'offrir en présent. Je ne pouvais en détacher les yeux. Non que ce fût horrible à voir : il n'y avait même pas de sang ni rien. Mais quel choc ! Mon cœur cognait comme le tambour de Louis le Français.

J'étais là, clouée sur place, abasourdie – depuis combien de temps, je ne sais – lorsque je me suis rendu compte que Sir Charles était là aussi, près du lit, ainsi que Lord Robert, debout contre le mur, en chemise et haut-de-chausses.

Lord Robert était vert, lui si rouge d'ordinaire.

Puis un murmure s'est élevé, et Lord Worthy est arrivé d'un pas ferme avec quatre de ses hommes. Devant eux l'attroupement s'est ouvert de lui-même. À la vue de son neveu, Lord Worthy s'est arrêté net. Lui qui d'ordinaire a le teint plutôt grisâtre, il est devenu plus blanc que ce cygne à goût de vase qu'on nous a servi au banquet.

Pip s'est jeté à ses pieds.

— M-m-onseigneur, je… j'apportais son p-pain et sa bière à Sir Gerald et là…

D'une main désespérée, il désignait le lit.

Mais Lord Worthy ne semblait pas le voir. Il n'avait d'yeux que pour la petite dague plantée dans le dos de son neveu.

Puis son regard a fait le tour de la pièce, lentement, comme s'il y recherchait ses pensées éparpillées.

Au bout d'un long moment, il a recouvré la voix :

— Faites doubler la garde devant la chambre de Sa Majesté. Dès son réveil, veuillez la mettre au courant. Le Dr Cavendish a-t-il été mandé ?

— Il arrive, monseigneur, a répondu un homme de la Garde. Le crime ayant eu lieu dans l'enceinte de la cour, nous devons appeler le chambellan* et convoquer le Conseil de la Bure Verte* afin d'entendre les témoins et procéder à l'enquête.

Alors, les traits crispés, Lord Worthy s'est agrippé à la colonne du lit. J'en ai eu de la peine pour lui. Après tout, c'est mon tuteur, même s'il a peu de temps à m'accorder.

Je me suis approchée très doucement pour lui effleurer le bras. Il s'est tourné vers moi, mais je ne crois pas qu'il m'ait vue vraiment. Hagard, l'air épuisé, il semblait presque débraillé, lui d'ordinaire toujours tiré à quatre épingles. Il n'avait même pas changé de chemise, malgré une petite tache de vin sur son jabot de dentelle, ainsi qu'une traînée verdâtre sur l'une de ses manchettes.

Il a cligné des yeux vers moi, puis il a hoché la tête, s'est tourné vers le cadavre et a demandé d'un ton las :

— Quelqu'un a-t-il noté quelque chose de suspect, hier soir, après que mon neveu a quitté le bal ?

Alors Pip a raconté tout ce que je savais déjà – que, voyant son maître malade, il l'avait laissé dormir tout habillé, ne lui retirant que son pourpoint, et que ce matin même il était venu très tôt lui porter de la bière et du pain…

Il omettait de préciser que c'était Elsie qui avait nettoyé le vomi. J'ai été à deux doigts de réparer l'oubli, puis je me suis ravisée. Tout bien pesé, il vaut beaucoup mieux laisser Elsie en dehors de cette histoire. Certes, je la vois mal poignarder ce pauvre Sir Gerald, mais gageons que celui qui s'en est chargé ne demanderait pas mieux que de voir les soupçons se porter sur une petite lingère !

Là-dessus est arrivé mon oncle Cavendish, en robe de chambre de brocart et de martre. Il m'avait l'air de tanguer un peu. Les traits bouffis, les yeux rouges, il donnait l'impression de n'avoir qu'un désir, voir sa tête se détacher de ses épaules et s'en aller finir la nuit ailleurs. Il paraît que c'est ce qu'on ressent lorsqu'on a abusé du vin. La lumière de la chandelle le faisait grimacer comme l'aurait fait celle d'un candélabre*. Malgré tout, il s'est penché sur Sir Gerald.

C'est alors que Sir Charles s'est écrié :

— Mais… Qu'est donc ceci, sur l'oreiller ?

Il désignait un petit objet argenté, de forme allongée, juste à côté de la main du mort.

Mon oncle Cavendish a cueilli l'objet du bout des doigts, il l'a rapproché de la chandelle pour l'examiner.

— Hmm… C'est une aiguillette, ma foi. Avec un petit reste de galon accroché. Et elle est frappée aux armes de… de…

— Pas celles de mon maître, en tout cas, a déclaré Pip, inspectant la chose à son tour. Je dirais plutôt celles de la maison Radcliffe.

— Quoi ? ! s'est étouffé Lord Worthy.

Tous les regards se sont tournés vers mon promis, Lord Robert Radcliffe.

Il a écarquillé les yeux, il a viré à l'écarlate et, comme de juste, il a ouvert la bouche sans émettre un son.

— Tudieu ! rugissait Sir Charles. Tout s'explique. Vous avez perdu cette aiguillette tandis que vous trucidiez Sir Gerald ! C'est ce que j'appelle un crime signé !

— M-m-mais... a chevroté Lord Robert.

— Ne mentez pas. Dites-nous plutôt que viendrait faire votre aiguillette en ce lieu ? Vous étiez jaloux de Sir Gerald. Jaloux de ses attentions pour la demoiselle de vos pensées. Suffisamment jaloux pour décider de supprimer votre rival dans son sommeil.

— Mais j...

Machinalement, ce pauvre Lord Robert a voulu porter la main à son épée. Faute de dormir avec celle-ci, il ne l'a point trouvée à sa hanche. Les hommes de Lord Worthy l'ont encadré vivement.

— Aha ! grondait Sir Charles, agitant un index levé. Prêt à frapper, je vois ! Et vous seriez plus fier encore, n'est-ce pas, si vous pouviez me poignarder dans le dos, moi aussi ! De préférence dans mon sommeil et sur mon lit !

Pour moi, c'en était trop. Après tout, c'est mon promis qu'on accusait !

— Euh... Messires, ai-je risqué d'une voix étranglée. Et si c'était l'assassin qui avait placé ici cette aiguillette, tout exprès afin de faire accuser Lord Robert ?

Peine perdue. Aucun n'écoutait. Sir Charles et Lord Worthy haïssent Lord Robert, de toute manière. Pouvoir l'accuser d'un crime et le livrer à la reine faisait parfaitement leur affaire. Et ce n'était pas une fille de treize ans en robe de chambre qui pouvait les en détourner.

Alors je me suis tue et j'ai regardé, le cœur chaviré, les hommes de Lord Worthy saisir ce pauvre Lord Robert par les bras. On lui a officiellement annoncé qu'au nom de la reine il était en état d'arrestation et accusé de meurtre sur la personne de Sir Gerald Worthy, meurtre avec préméditation, accompli de traître façon, par-derrière et durant le sommeil de la victime.

Lord Robert regardait droit devant lui, blême, hébété. Au moins, il n'essayait plus d'ouvrir la bouche.

Puis il y a eu un instant de flottement, le temps pour Lord Worthy de décider où le faire emmener. Il n'y a pas de cachots ici, à Whitehall. Le palais est déjà bien petit pour loger la cour entière. Toutes les geôles sont à la Tour*, plus en aval sur le fleuve. Pour finir, il a été décidé d'enfermer Lord Robert au sous-sol d'une des tours carrées qui flanquent l'entrée du palais, dans l'une de ces caves qui servent de réserves, avec des soupirails fermés de barreaux de fer.

Ils l'ont donc emmené. Il n'a pas pipé mot. Lord Worthy et le Dr Cavendish discutaient de détails de procédure. Apparemment, ils venaient de s'accorder sur un point : nul besoin d'autopsie, la cause de la mort tombant sous le sens. Jamais personne n'a survécu à un coup de poignard dans le dos, surtout planté si profondément – que l'arme soit ou non une jolie dague pour dame, à la poignée ornée d'un Cupidon.

Alors une pensée m'a traversé l'esprit. Si j'avais choisi Sir Gerald pour fiancé, cette petite dague eût été mienne. Est-ce moi, dès lors, qu'on eût inculpée de meurtre ? Prise de nausée, j'ai tourné les talons et couru à notre chambre.

Là, m'entendant arriver, Mary Shelton s'est éveillée et elle s'est relevée sur un coude, la tête couverte de papillotes de papier. (Elle tient absolument à se faire des bouclettes.) Ses yeux luisaient de curiosité.

— Et que faisiez-vous hors du lit, Lady Grace ?

— Vous n'allez jamais me croire. Il est arrivé quelque chose… Un meurtre à la cour !

Elle a poussé un petit cri. Lady Sarah s'est retournée mollement dans son lit, clignant des paupières.

— Êtes-vous folles, vous deux ? Certains essaient de dormir, figurez-vous !

— Oh ! Sarah très chère, a glapi Mary. Jamais vous ne devinerez ! Il vient d'y avoir un meurtre. Un meurtre à la cour ! C'est Lady Grace qui le dit.

Sarah s'est assise dans son lit.

— Un meurtre ? Le Ciel nous protège ! Mais qui donc a été assassiné ? Pas Sa Majesté, tout de même ?

— Non, non, pas notre reine, l'ai-je rassurée tout en commençant de m'habiller. Sir Gerald. Quelqu'un l'a poignardé dans le dos.

Sarah s'est assombrie.

— Quelle horreur, un homme si charmant ! Et si bon danseur ! Il s'en remettra ?

— C'est peu probable. Il a rendu l'âme. Et toute l'affaire est une énigme. Ils ont arrêté Lord Robert mais, bien franchement, il m'étonnerait que ce soit lui l'assassin…

Elles ne m'écoutaient plus. Je ne les avais jamais vues s'habiller aussi vivement. Le temps de dire ouf et déjà elles s'élançaient dans le couloir. Je me demande si Mary s'est aperçue qu'elle avait toujours ses papillotes sur le crâne.

Pauvre Sir Gerald. Je n'arrive pas à croire qu'il n'est plus. Pas plus tard qu'hier au soir, il faisait le fier en dansant la volte. Et ce matin… assassiné !

Quant à mon pauvre Lord Robert… Je déteste le savoir au fond d'une cave, en compagnie de navets et de rutabagas. Si personne ne retrouve l'assassin véritable – et qui songera à essayer seulement ? –, la reine sera contrainte de le faire jeter à la Tour. J'en ai le cœur bien marri. Tant d'autres que lui pourraient avoir poignardé Sir Gerald ! Honnêtement, je ne pense pas que ce soit lui. Pour commencer, pourquoi l'aurait-il fait ? C'est à lui que j'avais donné mon consentement, après tout. Si encore c'était Sir Gerald qui avait poignardé Lord Robert, j'aurais compris. Mais l'inverse…

Bien. Il faut que j'achève de m'habiller afin d'aller servir la reine à son lever. Cependant, j'ai l'impression qu'écrire m'aide à remettre de l'ordre dans mes idées. Rien d'étonnant, d'ailleurs : pour les coucher sur le papier, il faut commencer par bien les démêler. C'est la reine qui me l'a fait remarquer, un jour, et elle disait vrai. La reine est très avisée.

J'y pense ! Voilà ce que je peux faire pour Lord Robert : parler à la reine. Elle, au moins, ne me dit jamais de cesser de torturer ma petite tête parce que ça donne des rides au front.

*

Plus tard ce même jour. Vêprée.*

Me voici de retour dans mon lit et j'écris pour me tenir éveillée. J'ai un plan, mais pour qu'il réussisse, interdiction de fermer l'œil !

Ce matin, sitôt habillée, je suis allée servir au lever de la reine, dans l'espoir qu'elle serait d'humeur avenante. À la cour, chacun sait que pour parler à Sa Majesté, mieux vaut choisir l'instant propice.

Je m'efforçais de tenir bien droite la basquine de notre souveraine tandis que Lady Beckford, à grands points, cousait en place son col tuyauté. Prenant mon courage à deux mains, je me suis décidée enfin.

— Votre Majesté, puis-je vous parler d…

— De Lord Robert ? répond la reine, les lèvres pincées. À votre aise. Mais n'oubliez pas que l'aiguillette retrouvée sur l'oreiller de Sir Gerald lui appartient.

— Je sais, Majesté ! Mais pourquoi ce pauvre Lord Robert aurait-il tué Sir Gerald ? C'est lui que j'avais choisi pour époux ! Cela n'a pas de sens. À votre avis, ne se pourrait-il que quelqu'un ait placé là son aiguillette afin de le faire accuser ?

La reine m'observe en silence un instant. Effarée par mon effronterie, Lady Beckford hoche la tête.

— Hum-hum, murmure la reine enfin.

Je m'agenouille pour lui baiser la main.

— À tout le moins, Majesté, ne l'envoyez pas à la Tour déjà ! Je vous en supplie, me permettez-vous de… d'essayer de faire le jour sur cette affaire ?

— Enfin, mon enfant ! maugrée Lady Beckford, voilà qui n'est pas convenable…

Mais, d'une main levée, la reine la fait taire.

— Soit, Lady Grace, je vous y autorise. Mais vous devrez enquêter avec la plus grande discrétion, m'entendez-vous ? Et ne rendez compte de vos découvertes à nul autre que moi. Pour aujourd'hui, Lord Robert restera où il est, mais dès demain il me faudra prendre une décision : l'envoyer à la Tour ou le remettre en liberté.

— Merci, Majesté. Euh… je voulais vous demander…

— Quoi encore ?

Cette fois, elle semblait excédée tout de bon. Mais je savais qu'elle attendait les ambassadeurs de France et d'Écosse, et je ne me sentais pas la force de rester assise sur un coussin tandis que ces gentlemen échangeraient par-dessus ma tête des propos auxquels je ne comprendrais goutte.

— Majesté, m'autorisez-vous à promener les chiens ?

— Oh ! tant que vous voudrez ! Allez-y, courez-y vite. Je préfère grandement vous savoir au jardin plutôt que de vous avoir sous mon nez, à vous tortiller comme un ver.

— Merci, Majesté ! Oh, merci !

— À une condition, cependant. Que vous montiez vous changer sans réveiller les morts à chaque marche.

Franchement ! À croire que j'ai des semelles de plomb…

De mon pas le plus silencieux, j'ai couru à l'étage. Et hop ! sitôt enfilé mon jupon de chasse et mon manteau, je suis redescendue, souliers à la main pour plus de sûreté. Je ne les ai chaussés qu'à l'entrée du jardin privé, en équilibre sur un pied, sous le regard ébahi du garde. Un page du chenil m'a amené les petits beagles en laisse, et nous avons foncé, eux et moi, Henri en tête, aboyant comme un forcené.

Après deux tours de labyrinthe, nous sommes passés au verger, où je les ai lâchés pour grimper dans mon cerisier. C'est là, au creux d'une fourche entre deux branches, que j'aime m'installer pour réfléchir.

J'avais tant d'idées à la fois que ma tête menaçait d'exploser.

Un jour, mon oncle Cavendish m'a dit qu'en examinant un mort on peut déduire toutes sortes de choses. Par exemple, si on approche une chandelle de ses yeux, il arrive qu'on y voie le reflet de l'assassin. Ou encore, si on pose l'arme du crime sur lui, le cadavre se remet à saigner. Donc, je sais ce qu'il me reste à faire : trouver un moyen de revoir le corps de ce pauvre Sir Gerald.

Redescendue de mon perchoir, je suis allée du côté des tas de compost. Elsie et Masou étaient là, penchés sur je ne savais quoi. Éric – c'est le plus jeune des chiens – s'est précipité comme un fou, mais Elsie a eu tôt fait de mettre hors de sa portée l'objet convoité.

Alors j'ai vu de quoi il s'agissait.

— Elsie ! Mais que comptes-tu faire de ce lapin à moitié écorché ?

— Le mettre à la broche et le manger, pardi ! a répondu Masou sur le ton de l'évidence. Et quand j'aurai gratté sa peau, ça fera un manchon bien chaud pour l'hiver.

J'ai attaché les chiens à l'écart et me suis accroupie pour regarder Elsie achever son ouvrage. En un tournemain, elle avait déjà ôté les pattes et tirait sur la peau de l'animal comme pour le déshabiller. Je craignais d'être dégoûtée, mais non : le lapin était déjà vidé, il n'y avait plus une goutte de sang.

C'est ce pauvre lapin qui m'a inspirée. Pas de sang. Je n'en avais pas vu trace non plus autour de la plaie de Sir Gerald ! Étrange, car pour ne pas saigner, il faut être mort depuis un certain temps déjà, mon oncle Cavendish me l'a dit. Encore une énigme à résoudre, encore une bonne raison de rendre une petite visite à Sir Gerald.

— C'est un chien des cuisines qui l'a attrapé dans la cour, a expliqué Elsie en soulevant le lapin prêt pour la broche. Il l'a tué d'un coup de dents, mais j'ai réussi à le lui arracher. Bon, je lui ai quand même donné le sang et les tripes, à ce pauvre chien. Tiens, Masou. À toi.

Masou a embroché l'animal sur un long bâton écorcé, puis l'a suspendu au-dessus du feu, où il n'a pas tardé à fumer et à grésiller. Tandis qu'Elsie, régulièrement, le saupoudrait de miettes de pain, nous avons discuté des événements de la nuit.

Apparemment, sur le sujet, les rumeurs ont couru bon train. La preuve : Elsie et Masou croyaient que c'étaient des Écossais qui s'étaient introduits dans le palais et qui avaient assassiné Sir Gerald en le prenant pour la reine.

Je leur ai dit tout ce que je savais, sans oublier ma conclusion : Lord Robert n'est pas, ne peut pas être l'assassin.

J'avoue qu'un bref instant j'ai été prise de doute. Après tout, pendant le bal, n'a-t-il pas grommelé qu'il haïssait Sir Gerald ? N'a-t-il pas porté la main à son épée ? Mais non, décidément non. Je ne peux pas l'imaginer poignardant quelqu'un dans le dos. C'est même ma seule certitude.

— Pauvre Lord Robert, a conclu Elsie d'un ton lugubre. Se faire pendre quand on n'a rien fait…

— Oh, il ne sera pas pendu ! Jamais. Je ne laisserai pas mon promis se faire pendre avant même d'être mariée à lui.

— Parce qu'il peut bien aller se faire pendre *après* ? m'a taquinée Masou.

J'ai grogné :

— Au moins, je serai mariée.

En vérité, je n'étais pas très convaincue.

— J'irai jeter de la lavande et de la rue au pied de l'échafaud, a repris Elsie. Et je dirai à votre promis tout le chagrin que vous avez, il y trouvera peut-être un peu de réconfort. Et je prierai le poète de composer une ballade et…

— Il ne sera *pas* pendu, Elsie, je te dis. Je vais faire éclater la vérité au grand jour.

Tout en donnant un tour de broche, Masou a feint une révérence.

— Milady, vous êtes la sagesse même, mais… comment comptez-vous vous y prendre ?

— Pour commencer, il faut que j'examine le cadavre. Il repose à la chapelle St Margaret, d'après ce que j'ai compris.

— L'examiner ? s'est étonnée Elsie. Pour quoi faire ?

— Parce qu'autour de sa blessure, quand je l'ai vu, il n'y avait pas une goutte de sang.

— Et alors ? a voulu savoir Masou.

— Alors, si je te poignardais, on verrait ton sang couler, non ? Et même sans doute à flots, si je frappais assez fort pour te tuer. Tandis que là, il n'y avait pas de sang, pas du tout. Et je me souviens que mon oncle Cavendish, un jour, m'a dit que les flux du corps n'étaient suspendus que quand on est mort et bien mort. Mort depuis un certain temps. Jamais avant.

— Ah.

Masou semblait pensif.

— Voilà pourquoi il faut absolument que je revoie le corps de Sir Gerald. Et puis ce n'est pas tout… (J'ai baissé le ton. C'est le genre de chose qui fait peur.) Quand on regarde dans les yeux d'un mort, à ce qu'on dit, on peut y voir qui l'a tué.

— Et pourquoi le docteur ne l'a-t-il pas fait ? a laissé tomber Elsie, très calme.

Sur quoi elle a planté les dents au milieu du morceau de massepain que Masou venait de sortir de sa manche. Un bras de Vénus, si j'ai bien vu.

— Je n'en sais rien. L'émotion, peut-être. Et puis… et puis il boit trop depuis que… enfin, vous savez.

Ils ont acquiescé en silence.

— Mais je suis sûre qu'il m'en a appris assez pour me permettre de recueillir des indices.

— Je vois ! s'est esclaffé Masou. Il ne nous reste plus qu'à nous glisser dans la chapelle au milieu de la nuit…

— Oui, vers minuit, ce serait le mieux. Juste le temps d'examiner le cadavre et de placer une chandelle devant ses yeux pour en avoir le cœur net.

Il a souri, goguenard.

— C'est tellement simple ! Si simple que personne n'y a pensé, sauf nous.

Il m'agaçait, à la fin !

— Personne n'y a pensé parce que c'est bien commode d'accuser Lord Robert. D'abord, il a fort peu d'amis. En revanche, il a des dettes. Au fond, ça arrangerait un peu tout le monde que ce soit lui.

— Sauf ceux à qui il doit de l'argent, a fait remarquer Elsie.

— La chapelle est gardée, a murmuré Masou. Par les hommes de Lord Worthy. Ça complique un peu les choses.

Je n'y avais pas songé.

— Oh ! mais je peux y aller sans vous. Je ne voudrais surtout pas vous attirer des ennuis. La chapelle est facile à trouver. Surtout que, ce soir, c'est la pleine lune.

— Y aller sans nous ? Jamais ! s'est récriée Elsie. D'abord, je vous dois une fière chandelle, pour n'avoir pas dit que c'était moi qui avais nettoyé les saletés de Sir Gerald. (Elle a fait la grimace.) Et pas un penny pour la peine, en plus. Pourtant, ça empestait comme le diable !

— Et moi, a dit Masou, ce n'est pas deux malheureux gardes qui vont me faire peur. D'ailleurs, je suis le meilleur acrobate de la troupe, il en faudrait plus pour me faire mettre à la porte ! N'importe comment, si on me jette à la rue, j'irai me faire embaucher au Jardin de Paris ou ailleurs, et j'y ferai une brillante carrière.

— J'ai une idée, a repris Elsie, l'œil luisant. Si j'allais faire un tour chez l'apothicaire* ? M'est avis qu'un rien de potion somnifère pourrait bien se glisser par hasard dans la bière de ces braves gardes…

Ils étaient si gentils, tous deux, que je les ai embrassés – et Masou s'est empressé de s'essuyer la joue, le coquin. J'ai donné quelques pièces à Elsie pour l'achat de la potion, puis j'ai rassemblé les chiens afin de les ramener au page chargé de les brosser.

J'étais encore devant les écuries, en conversation avec un palefrenier, lorsque Sir Charles est venu à passer, comme il le fait presque toujours à cette heure de la journée.

— Ah ! bonjour, Lady Grace.

— Euh… Avions-nous une leçon de cheval aujourd'hui ?

Dieu du ciel ! L'avais-je oubliée ?

Il a paru pris de court – encore plus que moi, je crois.

— Une leçon ? Pas que je sache. Avec ce qui s'est passé…

Il semblait vraiment désemparé, alors je lui ai dit, pensant lui faire plaisir :

— Allons dire bonjour à Doucette, je suis sûre qu'elle se languit de vous.

Il m'a suivie, toujours incertain, jusqu'à la stalle de la jument, et j'ai déverrouillé le haut de la porte. Doucette a sorti sa jolie tête – elle a du sang de poney gallois, j'en suis sûre – et m'a saluée d'un hennissement. J'ai caressé son chanfrein velouté et elle a soufflé dans ses naseaux.

Alors Sir Charles, un peu brusquement je pense, a tendu la main pour lui flatter l'encolure. Doucette a reculé, renâclant et montrant les dents. Il a retiré sa main vivement.

— Corbleu ! Qu'est-ce qui lui prend, à cette vieille rosse ?

Je n'en croyais ni mes oreilles ni mes yeux. Jamais, au cours de nos nombreuses (et pas très palpitantes) leçons, je n'avais entendu Sir Charles pester après un cheval, jamais je n'avais vu un cheval réagir de la sorte avec lui.

Il n'était pas dans son état normal, c'est la seule explication que je vois. Il avait fait un geste brusque, lui qui me répète à longueur de temps qu'avec les chevaux il faut de la douceur et de la pondération.

Je n'ai pas eu le loisir de m'interroger davantage. Un page est arrivé, hors d'haleine, ramenant les petits beagles brossés de frais.

— Lady Grace, la reine demande que vous lui ameniez ses chiens.

J'ai compris : la séance du Conseil avait irrité Sa Majesté. Elle aime jouer avec ses petits beagles lorsque sa patience est à bout. J'ai répondu : « Je me change et j'y cours », j'ai pris congé d'une courbette et me suis hâtée de regagner la galerie privée. (Oh ! quelle tâche exténuante que d'être toujours bien comme il faut pour servir notre souveraine, si élégante et si superbe !)

Juste à temps, je me suis souvenue d'ôter mes souliers avant de me ruer dans les escaliers. Mes jupons relevés à deux mains, j'ai gravi les marches quatre à quatre. Un choc m'attendait sur le palier.

— Et où donc allez-vous, Lady Grace ?

Oh non ! Mrs Champernowne.

— Je monte me changer avant d'aller rejoindre Sa Majesté, vêtue comme il se doit.

— Vos bas, mon enfant ! Mais regardez vos bas !

J'ai baissé les yeux pour évaluer les dégâts. J'aurais dû voir à mes pieds une fort jolie paire de bas de soie blanche, mais la vérité est que ladite paire était un peu noire autour de chaque pied, et trouée à un orteil.

— Oh pardon ! ai-je murmuré, laissant retomber mes jupons afin de cacher l'objet du délit. J'essayais de ne pas faire de bruit, Mrs Champernowne, comme vous me l'avez demandé, et je n…

Elle a fermé les yeux un instant, puis les a levés au ciel.

— Lady Grace… Les souliers sont faits pour… Mettez vos pantoufles chaque fois que vous… Au nom du ciel ! donnez-moi ces horreurs et allez enfiler vos bas de laine. Regardez-vous, par pitié ! Vous ne pouvez décemment servir la reine avec des bas aussi crottés.

Promptement, car elle semblait près d'éclater, j'ai retiré les bas offensants, je les lui ai plaqués dans les mains, sans oublier les jarretières, et j'ai couru pieds nus jusqu'à notre chambre pour me changer une fois de plus. Les bas de laine, quel supplice ! Rien ne gratte autant. Pourquoi ne pas aller jambes nues ? Personne ne verrait rien du tout sous cette superposition de jupons, de jupes, de cerceaux et j'en passe ! Elsie ne porte jamais de bas, elle – et elle n'en meurt pas !

La reine était d'humeur massacrante. Je me suis assise à côté d'elle tandis qu'elle caressait ses chiens, leur jetait des balles de chiffon, puis faisait quelques points de broderie. À un moment donné, Mary Shelton, cette bécasse, a cru bon de donner une tape sur le museau de ce pauvre Henri parce qu'il voulait lui lécher le nez. La reine a bondi.

— Hors de ma vue ! Immédiatement ! (Je passe sous silence les jurons, on n'écrit pas ces choses-là.)

Comment osez-vous ? Vous et vos petits airs de sainte-nitouche ! Allez au diable !

Et Mary, fuyant le courroux royal, a esquivé de justesse une brosse à cheveux et un pot de fard à lèvres.

J'ai suggéré tout bas à Lady Bedford que peut-être les acrobates sauraient rendre le sourire à Sa Majesté. Ils sont arrivés à trois, Masou, un vieux nain, un hercule, et nous les avons regardés cabrioler, marcher sur les mains, jongler avec les pieds. Puis Masou a essayé un nouveau tour : il fait mine de laisser tomber les massues avec lesquelles il jongle et les rattrape au dernier moment du bout d'un pied, d'un genou, ou même avec les dents. À la fin de son numéro, il a longuement salué la reine.

Par compassion pour Lord Worthy, Sa Majesté l'avait invité à souper avec elle. Elle m'a priée de me joindre à eux. Je n'en mourais pas d'envie. Les projets que j'ai pour cette nuit me coupaient toute envie de faisan, de salé de bœuf ou de pâtés de gibier. Mais je n'avais pas le choix.

Lord Worthy est arrivé en retard, l'air accablé, un peu égaré. Il n'avait même pas changé de chemise. En temps ordinaire, la reine ne se serait pas gênée pour lui envoyer une pantoufle à la figure, mais là, elle a fait preuve d'indulgence. Après tout, cet homme était en deuil.

Délibérément, tout le temps du souper, Lord Worthy ne s'est adressé qu'à la reine, et exclusivement sur des sujets à mourir d'ennui, comme la politique en Écosse et en France. Il n'était question que de Maxwell, des Guise, d'Untel qui peut-être allait faire ci ou ça, d'un autre qui peut-être allait faire le contraire. Je me demande toujours comment font les gens pour ne pas s'embrouiller dans ces choses-là. Moi, je ne songeais qu'à notre équipée nocturne et à toutes les questions en suspens. Comment m'habiller ? Elsie allait-elle réussir à se procurer de la potion somnifère ? Je prenais l'air intéressé, ravalant mes bâillements. Unique consolation : on nous a servi des oranges confites, dont je suis friande.

Enfin, Lord Worthy s'est tu. Sa Majesté a posé sa main sur la sienne et dit d'une voix douce :

— Monseigneur, vous allez désormais devoir administrer les biens de Sir Gerald en sus des vôtres et de ceux de Lady Grace.

Il a levé les yeux d'un air las.

— J'ai un excellent intendant, Majesté. Nous tiendrons bon.

— Je n'en doute pas, monseigneur. Mais vous-même, allez-vous tenir bon ? Je sais combien votre neveu vous était cher.

— Il est vrai, Votre Grâce. C'était un bon jeune homme, quoique avec les faiblesses du jeune âge. Impétueux. Prompt au sarcasme lorsqu'on le contrariait. Arrogant, même. Mais le temps aurait fait son œuvre et corrigé ces travers, je pense.

— Bien, a conclu la reine, que le ton monocorde de son hôte semblait endormir un peu. Nous présenterons Lord Robert à la justice dans un jour ou deux.

Lord Worthy a acquiescé, le regard triste, perdu dans la contemplation d'une chandelle.

Et soudain j'ai eu les larmes aux yeux. J'ai beau le connaître peu, il me semble être écrasé par la mort de son neveu tout autant que je l'ai été par la mort de ma mère, l'an dernier.

Voyant bien que les mots n'y faisaient rien, la reine s'est levée pour s'asseoir à son virginal*, dans un angle du cabinet privé qui fait suite à sa salle à manger. Elle a soulevé le couvercle et s'est mise à jouer. Comme toujours lorsqu'elle joue – là, c'était de la musique italienne –, je me suis senti le cœur plus léger. J'aime énormément l'écouter. Oh ! je ne suis pas la seule : les ambassadeurs aussi. Lorsqu'elle se met au clavier, on les voit d'abord se raidir, craignant le pire. Puis ils sourient et se détendent, soulagés à l'idée de la complimenter en toute sincérité.

Lord Worthy restait poliment assis, et tout à coup j'ai eu le sentiment qu'il attendait de pouvoir parler à la reine en tête-à-tête. À la fin de l'air suivant, je me suis levée, j'ai fait ma révérence et demandé l'autorisation de me retirer dans ma chambre. Sa Majesté m'a embrassée sur la joue et j'ai regagné l'étage sans courir dans l'escalier, pour une fois, le cœur serré pour mon pauvre tuteur.

Les autres n'étaient pas encore là, elles jouaient aux cartes en bas. En revanche, j'ai trouvé Elsie assise sur mon lit, l'air toute contente d'elle.

— Alors, cette potion ? Tu as pu t'en procurer ?

— Oui-da ! Même qu'avec ce que vous m'aviez donné, j'ai pu acheter un plein flacon. (Elle a sorti une petite fiole verte.) Je me suis enveloppée d'un manteau rayé et je suis allée chez un apothicaire de Westminster. Du laudanum*, il a appelé ça.

— Un manteau rayé ? Trouvé où ?

Seules les femmes de mauvaise vie en portent, c'est une sorte d'uniforme que les édiles* de la ville de Londres les obligent à porter.

— Oh ! a répondu Elsie d'un ton léger, à la lingerie, il nous arrive de faire des petites lessives pour l'extérieur, aussi. Toujours ça de gagné. Une des dames du Falcon avait reçu un manteau neuf, elle n'est jamais revenue chercher celui-ci. Ça peut toujours servir, la preuve.

Je ne savais trop que dire.

— Tenez, voici la monnaie. (Elle a déposé les pièces sur mon lit.) Oh, et surtout ne prenez pas une goutte du vin doux qui est sur la tablette, là. Hein ? pas une goutte. J'y ai versé un soupçon de ce soporifique, je crois que nos deux linottes vont faire de beaux rêves cette nuit…

Elsie n'a pas d'indulgence à revendre pour la plupart de mes compagnes. Rien d'étonnant, lorsqu'on voit comment elles la traitent quand elle vient ramasser le linge sale.

— Masou et moi, on vous attendra devant les cuisines, a-t-elle conclu. Et si vous n'êtes pas là quand la lune passera par-dessus les arbres du verger, on ira regarder ce cadavre sans vous. Il a bien été transporté à la chapelle St Margaret, j'ai vérifié.

Mais je ne crois pas qu'il soit déjà arrangé ni rien. Il faut d'abord qu'ils mènent l'enquête.

Là-dessus, elle a sauté sur ses pieds, ramassé deux ou trois robes qui traînaient en boule sur le plancher, ainsi qu'une collerette toute piétinée, elle a fourré le tout dans son sac à linge et elle est ressortie prestement. De mon côté, je me suis frotté les dents, j'ai enfilé mon jupon de chasse, passé une chemise par-dessus, et voilà... Justement, j'entends Mary et Lady Sarah qui reviennent. Bientôt, je serai en route pour mon aventure de minuit.

Pour l'heure, feignons de dormir.

Le seizième jour de février, en l'an de grâce 1569. La vêprée, peu après le carillon de cinq heures.

Que le Ciel me protège, me voilà dans un beau pétrin ! Je préfère ne plus songer à la fureur de la reine. Au moins, en manière de disgrâce, elle m'a envoyée dans ma chambre, ce qui me permet d'écrire.

Je reprends les choses où je les ai laissées.

Hier soir, les deux péronnelles sont montées se coucher fort tard, aux environs de dix heures au moins. Elles avaient joué au primero et se querellaient sur la question de savoir laquelle s'était trompée en donnant son score. Olwen, notre femme de chambre, les a aidées à sortir de leurs robes, elles ont gentiment avalé un peu de leur vin soporifique, puis elles se sont frotté les dents et glissées dans leur lit, discutant toujours de cette partie de cartes. J'ai cru comprendre que Mrs Champernowne les avait battues.

Après ça, Olwen a continué de s'affairer pendant des heures. Elle accrochait ceci, brossait cela, pliait autre chose encore. J'ai cru qu'elle n'en terminerait jamais. Je l'aurais volontiers secouée, mais elle a fini par sortir. Peu après, j'ai entendu ronfler les deux petites têtes de moineau.

J'ai attendu, rongeant mon frein, d'entendre la relève de la garde à minuit, devant la galerie privée. Sitôt après, je me suis faufilée hors du lit, j'ai refermé les tentures de mon baldaquin et me suis habillée sans bruit. J'avais déjà retiré mes horribles chaussons de lit en laine qui gratte. Puis je me suis glissée dans le couloir et là… là, j'ai eu la terreur de ma vie lorsqu'un gros matou est passé, une souris entre les dents.

Le premier acte d'héroïsme a consisté à gagner le jardin privé en sortant par une fenêtre. Cela fait, j'ai filé d'un trait jusqu'au portail du verger. Il était fermé, bien sûr, mais je sais où le garde cache la clé : sous une grosse pierre juste à côté, afin d'être sûr de ne pas la perdre. Sitôt dans la place, j'ai couru droit aux tas de compost, où Elsie et Masou m'attendaient.

Elsie avait enfilé des vêtements de garçon, empruntés à une lingère dont le fils est mort l'an dernier – de la peste, a-t-elle précisé, et j'avoue que j'ai frémi. Elle en avait apporté pour moi, mais j'ai refusé de les mettre. La peste, j'en ai bien trop peur. Il n'y a que les gens comme Elsie pour ne pas la redouter. Parce qu'elle l'a déjà eue, qu'elle en a réchappé, et qu'on ne peut pas l'avoir deux fois.

Elle n'a pas insisté.

— De toute manière, milady, si jamais on nous attrape, ce sera mieux si les gens voient tout de suite que vous êtes une des dames de la reine.

En réalité, j'aurais préféré me déguiser. Dans une expédition de minuit, à mon avis, se déguiser fait partie du plaisir. Mais bon, tant pis.

Nous nous sommes lancés bravement. Il a d'abord fallu passer par-dessus les derniers tas de compost, traverser une plate-bande en friche tout envahie de chèvrefeuille et trouver la brèche dans le mur qui facilite un peu le passage. (Les murs sont hauts, à Whitehall.) Masou a escaladé la muraille le premier, puis il nous a lancé une corde pour nous aider à le suivre, Elsie et moi.

De l'autre côté, c'est le terrain sur lequel s'alignent les logements des jeunes gentlemen de la cour. Je crois qu'ils y sont locataires, chacun avec son petit appartement, mais je ne m'y connais pas trop. En tout cas, le jardin est une horreur. D'après ce que j'ai pu voir à la faveur de la lune, il y avait là, parmi les ronces, des débris de barils de bière, de chopes, de pipes d'argile, sans parler d'un luth estropié, ni des vestiges d'une table et de chaises qui avaient dû se trouver prises dans une bagarre. Au mur pendait un bout de dentelle resté accroché à un clou.

Tant bien que mal, nous avons rampé à travers ce bric-à-brac, sans autre bruit qu'un grognement de Masou pestant après une ronce, puis nous avons débouché sur l'allée qui conduit au palais nouveau. L'abbaye de Westminster, forme sombre sur le ciel de nuit, nous a regardés franchir le portail menant à la chapelle St Margaret.

En éclaireur, à pas de velours, Masou est allé vérifier que les hommes de Lord Worthy dormaient bien.

— Comme des bûches, j'en suis sûre, m'a chuchoté Elsie. Tout à l'heure, quand j'y suis passée, ils battaient la semelle en attendant que Sa Seigneurie ait fini de dîner avec la reine, alors je me suis proposée pour aller regarnir à l'office leurs flasques à eau-de-vie. Avec une petite goutte de laudanum en prime, mais ça, je ne le leur ai pas dit…

Masou est revenu avec un grand sourire qui luisait blanc dans le clair de lune.

— Ils ronflent comme des sonneurs.

Nous sommes passés devant eux en tapinois – ils étaient attendrissants, affalés l'un contre l'autre sur le banc de pierre du porche. Après quoi, tout doux, tout doux, nous avons poussé la lourde porte de l'édifice.

Six cierges de cire noire brûlaient autour du gisant, qu'on avait enveloppé d'un linceul et posé sur une table à tréteaux habillée de damas. Je crois qu'un cercueil richement travaillé a été commandé, mais apparemment il n'est pas encore arrivé.

Il faisait très froid et, pour être franche, aucun de nous trois n'en menait bien large. Un rayon de lune se faufilait à travers le vitrail de cette ancienne chapelle papiste et jetait sur le linceul des taches claires, vaguement jaunes et bleues. Il flottait une odeur odieuse. Avec un frisson, Elsie s'est signée, et Masou s'est mis à tripoter l'amulette qu'il porte au cou en marmottant je ne sais quoi dans son langage.

Moi, rassemblant mon courage, j'ai fait un pas en avant – et failli piquer du nez en manquant une marche. Le cœur tambourinant, je me suis approchée du corps. De près, la puanteur était insoutenable, presque celle d'une chaise percée qu'on n'aurait pas vidée depuis trois jours. Mais il venait s'y mêler une autre odeur encore, âcre, amère, indéfinissable. Ce relent m'a prise à la gorge et bizarrement, d'un seul coup, j'ai été saisie d'une envie de pleurer. Je me demandais bien pourquoi. Certes, la mort est toujours attristante, mais ce n'est tout de même pas comme si j'avais aimé Sir Gerald.

Il reposait sur le dos – on avait retiré la dague, bien sûr. J'ai respiré un grand coup et, retenant mon souffle, j'ai soulevé le linceul pour voir son visage.

Deux pièces de monnaie fermaient ses paupières. Je les ai retirées délicatement. Par-dessous, les yeux entrouverts ressemblaient un peu à de la gelée. Je me suis penchée pour les observer à la lueur des cierges. Je n'y ai pas vu le moindre reflet – et encore moins celui du meurtrier de Sir Gerald. Encore un conte de bonne femme.

J'aurais bien aimé jeter un regard à sa blessure, mais je n'allais sûrement pas toucher le cadavre. Ça porte malheur, il paraît. J'ai bien essayé de me persuader que Sir Gerald aurait apprécié que j'essaie de découvrir son assassin. Mais de son vivant, il faut bien l'avouer, il n'était pas des plus aimables. Allez savoir de quoi son fantôme serait capable !

C'est alors qu'un détail m'a frappée : de petites croûtes jaunes aux coins de ses lèvres.

J'ai regardé de plus près. Mon cœur s'est mis à battre la chamade. En pensée, je revoyais l'écume jaunâtre aux coins de la bouche de ma mère, la nuit de sa mort. Et tout à coup j'ai identifié l'odeur amère qui flottait là : j'avais respiré la même au chevet de ma mère mourante. C'était l'odeur d'un empoisonnement, un empoisonnement par crève-loup.

Je suis restée figée un moment, à essayer de démêler les choses.

L'idée paraît échevelée, mais… et si Sir Gerald était déjà mort, empoisonné, au moment où on l'a poignardé ? Un peu fou, peut-être, et pourtant voilà qui expliquerait pourquoi la blessure n'a pas saigné, non ? Le sang, si j'ai bien compris, est soumis à des flux. Comme les marées, comme toutes les humeurs*. À la mort, les flux s'arrêtent. La dague plantée dans son dos n'aurait rien trouvé à faire couler.

Mais soudain des éclats de voix nous ont tous trois cloués sur place. Des pas lourds ont résonné sous le porche, puis un rugissement de colère. Le loquet de la porte a cliqueté – quelqu'un venait !

J'ai cru que j'allais vomir, j'ai cru que mes jambes allaient plier sous moi. Elsie avait les mains sur la bouche, Masou s'était figé. Si on les prenait là, ils le savaient, ils risquaient une belle bastonnade. Ou même le fouet, et le renvoi. S'ils étaient jetés à la rue, qu'adviendrait-il d'eux, bonté divine ? Ils mourraient de faim, probablement, quoi qu'en dise Masou, qui se voit déjà faire fortune au Jardin de Paris, sur les bords de la Tamise. Tandis que moi…

Je leur ai chuchoté : « Cachez-vous ! Vite. Je me débrouille. »

Ils ont hésité un quart de seconde, puis se sont glissés entre deux bancs et ont disparu sous l'un d'eux. J'ai entendu leurs pieds crisser, puis plus rien.

Moi, je suis restée où j'étais, j'ai enfoui mon visage dans mes mains et j'ai fait de gros efforts pour essayer de pleurer. J'ai toujours du mal à pleurer sur commande – contrairement à Lady Sarah et Mary Shelton, qui savent obtenir tout ce qu'elles veulent avec une petite larme à l'œil. Mais j'y suis arrivée tout de même en commençant par renifler un bon coup, puis en forçant un sanglot, et surtout en me pinçant l'arête du nez entre les doigts.

La porte de la chapelle s'est ouverte d'un coup. Deux hommes sont entrés, je les voyais entre mes doigts, accompagnés de Lord Worthy. Ils avaient tous trois l'air féroce, mais, comme je l'avais espéré, ils se sont arrêtés net lorsqu'ils m'ont vue, secouée de sanglots, près du corps de mon défunt prétendant.

Puis Lord Worthy m'a rejointe à longues enjambées. Il avait l'air abasourdi et peut-être un brin soupçonneux.

— Lady Grace ! Mais enfin… *Pourquoi* n'avoir pas demandé à venir lui rendre un dernier hommage ? Pourquoi venir ici sans escorte, en pleine nuit ? Il eût été beaucoup plus… décent… de faire ceci de jour, dûment accompagnée.

J'ai répondu dans un sanglot, à moitié vrai, à moitié faux :

— Je voulais… Je voulais être seule avec lui…

— Mais comment êtes-vous parvenue ici ? Quelqu'un vous a-t-il accompagnée ?

— Oh non ! ai-je glapi, affolée à l'idée d'une fouille dans la chapelle. Non, je suis venue toute seule et c'était… oh ! c'était terrifiant.

Lord Worthy s'est tu, les yeux sur Sir Gerald. Il n'essayait même pas de me réconforter. Ce qui prouve qu'il a le cœur bien sec, quand j'y pense. Il est tout de même mon tuteur, en principe !

Pour finir, il s'est tourné vers moi.

— Venez, maintenant, jeune lady. Tout ceci est fort malséant. Votre présence ici… sans chaperon… C'est proprement inconvenant. Je vais devoir vous raccompagner moi-même à la cour et vous remettre entre les mains de Mrs Champernowne.

Horreur ! J'ai de nouveau enfoui mon visage dans mes mains. Cette fois, je sanglotais pour de bon.

— Venez !

C'était un ordre. Il m'a empoigné le bras, en serrant fort, et m'a entraînée hors de la chapelle par la porte latérale. À voir la tête que faisaient ses hommes à la lueur de la lanterne, on aurait pu croire qu'il m'était venu une barbe ou un œil au milieu du front.

Nous avons traversé le cimetière et franchi un deuxième portail débouchant directement sur King's Street. La porte de King's Street était à deux pas, et nous nous sommes retrouvés à l'intérieur du palais, à l'autre extrémité de la galerie privée. Là, Lord Worthy a touché un mot aux gardes. L'un d'eux s'est aussitôt éclipsé, l'air hautement amusé.

Et nous sommes restés à attendre, plantés comme des piquets, Lord Worthy très occupé à jouer avec le mouchoir dans sa poche tout en faisant *tst-tst !* entre ses dents, et moi passant d'une jambe sur l'autre à chaque instant. Je me rongeais les sangs, et plutôt trois fois qu'une : sur mon propre sort, bien sûr ; mais plus encore sur celui d'Elsie et Masou. Avaient-ils pu sortir à temps de la chapelle ? Il m'avait semblé, du coin de l'œil, voir une ombre fuser derrière nous comme nous traversions la cour, mais je ne pouvais en jurer.

Enfin, après d'interminables minutes, Mrs Champernowne est apparue en robe de chambre, la tête couverte de papillotes pareilles à des escargots. Colère et stupeur se mêlaient sur ses traits, ce qui m'aurait paru très drôle si je n'en avais été l'objet. Lorsqu'elle a ouvert la bouche, le ton n'avait rien de tendre, en tout cas :

— Lady Grace ! Que signifie ?

J'ai baissé le nez et marmonné je ne sais plus quoi.

— Hors du lit à une heure pareille… (Elle s'est tournée vers Lord Worthy.) Y avait-il trace de quelque jeune homme, Votre Seigneurie ?

— Non ! me suis-je étranglée. Ce n'est pas ça ! Je voulais seulement rendre homma…

— Silence ! a coupé Mrs Champernowne. Quand je souhaiterai votre opinion, jeune lady, je vous la demanderai expressément.

Lord Worthy s'est éclairci la voix.

— Madame, je puis vous assurer qu'il n'y avait pas de jeune homme. Elle était seule en la chapelle, j'en suis témoin.

— Rhmph ! a fait Mrs Champernowne. Merci infiniment, Votre Seigneurie, pour avoir sauvé Lady Grace de sa propre sottise…

Elle avait fait siffler le mot « sottise » avec un tel dédain qu'à mon tour j'ai marmotté « rhmph ! », mais que je crois que ni elle ni Lord Worthy ne l'ont entendu.

Il l'a saluée d'une courbette, elle a répondu d'une profonde révérence, puis Sa Seigneurie et ses hommes sont repartis vers les appartements de faveur. Alors Mrs Champernowne m'a saisie par un bras et m'a traînée dans l'escalier en pinçant fort.

— Si j'apprends que, dans l'affaire, il y avait bel et bien un jeune gentleman…

Me mettre dans le même sac que la première écervelée venue ! C'était trop fort.

— Oh ! vous pouvez me fouetter tant que vous voudrez, madame, je dirai toujours la même chose. Vous me croyez donc aussi sotte que Lady Sarah ?

— Nul n'a jamais surpris Lady Sarah, que je sache, sur le coup de trois heures du matin dans une chapelle où elle n'avait rien à faire !

J'ai failli dire : « Pas encore ! », mais je me suis ravisée. À la place, j'ai bredouillé :

— Oui, je sais, c'était stupide, mais je voulais… euh… faire mes adieux à Sir Gerald, et je voulais le faire en privé, sans une nuée de gens à tourner autour. Alors, je suis allée là-bas dans la nuit, mais je peux vous assurer qu'il n'y avait pas un gentleman à la ronde et que je n'ai rien fait de mal, rien du tout !

Pas un gentleman, c'est la vérité pure : Masou n'en est pas un.

— Vous n'étiez pas au lit quand vous auriez dû y être. Et, là où vous étiez, vous n'auriez pas dû être, a cinglé Mrs Champernowne. (À mon avis, elle s'embrouillait un peu dans ses « être » et « ne pas être ».) De surcroît, comment osez-vous tromper la confiance de Sa Majesté ? Comment osez-vous courir la nuit comme une petite dévergondée ?

Rien ne semblait pouvoir l'arrêter, et pourtant elle s'est tue net et a repris d'un ton digne :

— Bon. Ne crions pas comme des harengères...

« Il est bien temps ! me suis-je dit tout bas. Avec le chambard que vous venez de faire ! Parions que vous avez éveillé la moitié de la galerie privée, vieux dragon. »

Sur le palier, elle a réfléchi un instant, puis elle a marmotté que, décidément, il était trop tard pour me laisser retourner au lit « au risque de réveiller ces demoiselles » et trop tôt pour prévenir la reine. C'est ainsi que je me suis retrouvée dans sa petite chambre à parer.

Il y faisait noir comme dans un four et l'air empestait... empestait Mrs Champernowne, mélange épais d'eau de rose et de lavande, sans parler de cet extrait de jasmin qu'elle fait venir de je ne sais où et qui rend l'air irrespirable. Elle escomptait, j'imagine, que j'allais méditer sur ma faute. Erreur : j'avais bien trop sommeil. Je me suis assise sur le tapis de jonc, le menton calé sur les genoux, la tempe contre l'encoignure, et je me suis endormie vite fait.

Cornegidouille ! Presque plus d'encre. Il faut que j'aille en chercher.

*

Plus tard ce même jour, avec de l'encre fraîche.

Lady Sarah conserve toujours un peu d'encre pas trop ancienne dans sa coiffeuse et je lui en ai emprunté quelques gouttes. Elle ne s'en apercevra jamais.

Au matin, j'ai été réveillée brutalement par Mrs Champernowne, qui semblait n'avoir pas décoléré. En guise de collation matinale, j'ai été informée que la reine désirait me voir et m'attendait dans sa salle d'audience. J'ai donc dû trottiner derrière Mrs Champernowne, toujours vêtue de mon vieux jupon de chasse tout crotté par l'expédition. Mes pensées revenaient sans trêve à Elsie et Masou : pourvu, pourvu qu'ils aient réussi à s'enfuir !

Dans la salle d'audience, mes compagnes étaient assises en rang d'oignons sur des coussins, occupées à des travaux d'aiguille. Lady Sarah Bartelmy, Miss Je-suis-la-plus-belle-en-ce-royaume, reprisait un accroc à l'un de ses jupons.

La reine m'attendait, assise près de la fenêtre, dans un fauteuil presque aussi imposant que son trône, ce qui donnait à notre entrevue un caractère quasi officiel. Elle m'a fait signe d'approcher. Je me suis arrêtée à trois pas d'elle et me suis agenouillée.

Sa Majesté a le teint très pâle, mais – peut-être l'ai-je déjà dit – des yeux très sombres qui donnent parfois l'impression de pénétrer vos pensées. En tout cas, c'est ce que j'ai ressenti aujourd'hui. J'ai baissé le front, m'efforçant de ne pas me sentir trop sale ni trop minuscule. Elle est restée silencieuse un moment, puis l'orage a éclaté d'un coup :

— Lady Grace ! Au nom du ciel, qu'avez-vous donc fait cette nuit ? Auriez-vous perdu l'esprit ? Ventre-saint-gris ! Jamais je n'avais eu vent de pareille extravagance !

Elle a poursuivi sur ce ton, enfilant les jurons – que je tairai ici, pour préserver sa réputation. Après avoir répété sur tous les tons que Lord Worthy m'avait découverte, seule et sans escorte, dans cette maudite chapelle, et que c'était proprement insensé, impensable, inouï, elle s'est enfin tue.

— Eh bien, Lady Grace ? a-t-elle repris après un silence, pianotant sur l'accoudoir de son fauteuil. Qu'avez-vous à dire pour votre défense ?

J'ai ravalé un soupir. En plus de tomber de fatigue, j'avais un de ces torticolis ! Mais au moins, rien ne laissait penser qu'Elsie et Masou s'étaient fait prendre, puisque la reine n'avait rien dit d'eux. C'était mon unique réconfort.

— J'attends, a dit Sa Majesté.

— Je désirais… euh… je désirais… revoir Sir Gerald une dernière fois.

— Pourquoi ?

— Je suis désolée, Votre Grâce, je… j'en avais envie, c'est tout.

— Avez-vous prié, au moins ?

— Non, Majesté, je n'en ai pas eu le temps. Lord Worthy est arrivé avant.

— Humpf… (Elle semblait près d'étouffer, vivante incarnation de l'exaspération.) D'après

Lord Worthy, vous étiez seule, et votre présence en cette chapelle ne semble pas avoir été dictée par quelque immoralité. Mais par pitié, Lady Grace ! pour votre réputation, votre salut, vous ne devez *jamais plus* vous conduire de la sorte. Pareille attitude est inconcevable de la part d'une jeune héritière, et plus inadmissible encore de quiconque est à mon service.

J'ai murmuré très bas :

— Je le comprends, Majesté.

Elle m'a sermonnée encore un peu, et pour finir elle m'a dit :

— Regagnez votre chambre. Vous y resterez seule jusqu'à ce que je vous fasse mander. Oh ! je sais. Peut-être souffrez-vous des suites de l'agitation due aux regrettables événements que nous avons connus. Je vais faire envoyer le Dr Cavendish à votre chevet, afin de nous assurer que vous ne couvez pas quelque fièvre.

Tête basse, je m'interrogeais. La reine était-elle vraiment aussi fâchée qu'il y semblait ?

C'est alors qu'elle s'est inclinée vers moi pour me glisser quelques mots à l'oreille. Deux ou trois dames de compagnie nous observaient de loin, intriguées, mais elles ne pouvaient rien entendre.

— Comprenez-moi bien, mon enfant. Vous me placez dans une situation délicate. Je ne peux en aucun cas laisser entendre que je tolère ce genre d'extravagance. Il vous faut à tout prix vous montrer plus discrète dans votre enquête…

Et sur ce, d'une voix forte, elle a fait appeler Mrs Champernowne afin de me reconduire à ma chambre.

Je me suis assise sur mon lit, immensément soulagée de n'avoir pas perdu le soutien de Sa Majesté. Même si, hélas, elle semblait avoir oublié que je ne n'avais pas déjeuné ce matin. J'ai écouté mon estomac gargouiller tout en me demandant à quoi j'allais bien pouvoir m'occuper.

Par bonheur, en milieu de journée, une chambrière m'a apporté du pain bis, du fromage et un peu de bière légère. Entre-temps, j'avais fait un brin de toilette, enfilé un jupon présentable et brodé quelques points près de la fenêtre. Quand je pense qu'au tout début j'ai détesté la broderie ! Il faut dire que le premier modèle sur lequel j'ai travaillé était à s'endormir dessus : rien que des petits échantillons sans intérêt. Mais quelle joie lorsque j'ai compris que je pouvais créer mes motifs, puis les colorer à ma guise. Rien ne me met le cœur en paix comme de broder des créatures vivantes – des oiseaux, des serpents, des licornes, des biches…

Puis, dans l'après-midi finissant, je n'ai plus vu assez clair. J'ai rangé mes aiguilles et mes fusettes de soie, et j'ai commencé à tourner en rond pour tromper l'ennui. Mais l'ennui ne se laisse pas tromper si facilement. J'en venais à souhaiter la compagnie de Lady Sarah et Mary Shelton, c'est dire !

Et soudain j'ai repensé à ce cahier, sapristi ! J'ai allumé la chandelle et, depuis, j'écris, j'écris – et sans faire une tache ou presque. Mais oh ! j'entends quelqu'un approcher.

*

Plus tard ce même jour,

peu après sept heures sonnées.

C'étaient Elsie et Masou ! Quelles retrouvailles, mes aïeux ! Masou n'arrêtait pas de marmotter je ne sais quoi dans sa langue, Elsie a dû le faire taire.

De son côté, elle m'assaillait de questions :

— Vous a-t-on battue ? Donné le fouet ? À tout hasard, je vous ai apporté du baume d'oreille-d'âne*...

Je l'ai rassurée.

— Non, Elsie. Je n'ai pas eu le fouet ni rien. Simplement, je suis consignée ici jusqu'à ce que Sa Majesté m'envoie chercher.

— Au fait, et les yeux de Sir Gerald ? a voulu savoir Masou. Vous y avez vu quelque chose ?

— Rien. En revanche, j'ai noté deux détails. Aux coins des lèvres, il avait des petites croûtes jaunes, et il sentait une drôle d'odeur aussi, un peu comme… (Je me suis tue. J'ai toujours beaucoup de mal à en parler.) Un peu comme… comme ma mère, le jour où elle est morte, l'an dernier… Tuée par un poison qui laisse une écume jaune autour des lèvres et une horrible odeur amère.

— Du jaune… a murmuré Elsie, songeuse. Oui, il y en avait aussi dans le vomi que j'ai enlevé du tapis, dans sa chambre. Une vilaine tache jaune. Sur le coup, j'ai eu beau frotter, à la lumière de la bougie, pas moyen de la faire partir. Et hier, j'y suis retournée pour essayer de la ravoir avec de l'urine de dix jours, mais rien à faire.

Ce qu'ils utilisent à la lingerie pour faire partir les taches ! Quelquefois, j'ai du mal à croire ce que me dit Elsie. Pour les taches difficiles, devinez ! De la crotte de chien bien sèche, toute blanchie par le temps, et ce n'est qu'un exemple ! Si ça marchait, encore ! Mais c'est loin d'être toujours le cas.

— Oh ! tu sais, lui ai-je dit, là où ma mère avait renversé le vin empoisonné, il a fallu changer le tapis, à cause de la tache.

— Je ne comprends pas, réfléchissait Masou. Si c'est le poison qui a tué Sir Gerald, pourquoi le poignarder ensuite ?

La même question me tarabustait. À tout hasard, j'ai avancé mes hypothèses :

— Peut-être pour brouiller les pistes ? Ou pour être sûr de ne pas le rater ?

Et puis, comme je ne suis pas censée recevoir de visites, je leur ai dit de se sauver bien vite, tous les deux. Pour justifier sa venue, Elsie a ramassé une chemise de Lady Sarah qui traînait là, et ils se sont éclipsés sans bruit.

En réalité, ce que je crois, c'…

*

Ce même jour, neuf heures au carillon.

Une fois de plus, j'ai dû m'interrompre et tout cacher sous mon oreiller – de justesse avant l'arrivée de mon oncle, le Dr Cavendish. Bon, tant pis, l'encre a un peu bavé, et il y a une toute petite tache sur ma taie d'oreiller.

Depuis la mort de ma mère, mon oncle paternel, hélas ! se console avec la bouteille. Il ne connaît plus que deux états : l'ivresse et la gueule de bois. Ce soir, c'était la gueule de bois – le teint terreux, la mine pitoyable. Avec un énorme soupir, il m'a ordonné de m'asseoir sur mon lit, puis il m'a examiné le blanc des yeux, les oreilles, la langue, il a collé son oreille contre ma poitrine pour écouter je ne sais quoi, longuement.

Enfin, il m'a posé des questions, certaines fort embarrassantes, et mes « non » à chacune d'entre elles ont paru le laisser perplexe.

— À mon avis, vous êtes trop jeune pour le mal vert*. Je ne vois aucun signe de fièvre, ni d'excès de bile…

— Peut-être parce que je ne suis pas malade.

Ce qui est vrai : je ne me sens pas malade et je n'ai aucune envie de l'être. Je hais la saignée – et pour ce qui est de la purge, que le Ciel m'en préserve !

— Mais alors, pourquoi pareille équipée, Grace ? Si vous étiez une petite écervelée dans le genre de Lady Sarah, je ne poserais pas la question. Mais vous êtes d'ordinaire une enfant très sensée, avec la tête sur les épaules…

Très sensée ? Ça fait un peu bonnet de nuit, non ?

— Je sais bien que le spectacle d'un homme poignardé dans le dos a de quoi heurter une jeune fille. Et je suis navré que le crime soit le fait de votre promis. Mais ne laissez pas cette terrible histoire vous tourner la tête, ma chère petite.

Je n'ai pu tenir ma langue :

— Oncle Cavendish, ce n'est pas… euh, Sir Gerald n'est pas mort poignardé !

Il a eu un sourire las.

— Ah ? Voilà qui serait bien surprenant.

— Mon oncle, rappelez-vous : il n'y avait pas de sang. Pas une goutte. Quand on se fait poignarder, le sang coule, n'est-ce pas ?

Il n'a pas pipé mot. Les yeux sur moi, il m'écoutait. J'ai insisté :

— C'est bien vous qui me l'avez dit, n'est-ce pas ? Vous m'avez expliqué un jour que le cœur est le fourneau du corps humain, et que les poumons sont les soufflets qui activent le feu. Et le sang – l'humeur sanguine, comme vous la nommez – transporte la chaleur du fourneau à chaque partie du corps, avec des flux et reflux pareils aux marées océanes.

Il acquiesçait, toujours muet.

— Mais ces marées, m'avez-vous dit, sont interrompues par la mort et, très vite, plus rien ne s'écoule. Or j'ai bien vu la dague plantée dans le dos de Sir Gerald. Il n'y avait pas de sang autour de la lame. Vous avez dû le remarquer, vous aussi.

Il hochait la tête. Alors j'ai avoué :

— Voilà pourquoi je voulais retourner à la chapelle. Pour essayer de vérifier. Et aussi pour tenter de voir dans les yeux de Sir Gerald le reflet de son meurtrier, mais ça, ça n'a pas marché. Par contre, j'ai remarqué quelque chose. (Là, ma voix s'est mise à chevroter.) Il y avait des petites croûtes jaunâtres aux coins de sa bouche et une espèce d'odeur amère…

— Vous voulez dire… a-t-il commencé, apparemment troublé. Grace, ce n'est pas parce que votre pauvre mère…

Machinalement, il palpait son pourpoint, sans doute en quête de sa flasque, qui ne le quitte jamais. J'ai posé ma main sur la sienne pour arrêter son geste.

Il a gardé les yeux sur moi, sans mot dire, si longuement que je l'ai cru fâché, mais lorsqu'il a pris la parole sa voix était douce.

— Grace, mon enfant. J'ai bien grand honte. J'aurais dû le remarquer moi-même.

— Et si vous retourniez là-bas pour mieux y regarder ? Vous n'avez pas demandé à faire ouvrir le corps, non plus, et pourtant…

— Là, je vous arrête, chère enfant. Je l'ai demandé. Lord Worthy s'y est opposé, assurant que ce n'était point nécessaire… (Il parlait à mots lents, comme s'il réfléchissait en même temps.) Je crois que… Je vois ce qui me reste à faire… Aller réexaminer ce corps.

Il m'a embrassée sur la joue, l'haleine chargée, comme toujours, et m'a quittée à grands pas.

Lady Sarah et Mary Shelton viennent de monter. Je me sens terriblement lasse, sans doute pour avoir si peu dormi. Essayer de sauver un innocent est une tâche bien harassante ! J'arrête d'écrire pour ce soir, il est grand temps de me coucher.

Le dix-septième jour de février,
en l'an de grâce 1569.

J'écris ceci en toute hâte, avant qu'on ne vienne me chercher pour assister au souper de la reine.

Quelle journée de fièvre ! Et quelles découvertes nous avons faites ! J'ai peine à y croire et pourtant... Je devrais sans doute écrire ceci au jus d'orange – c'est hautement secret –, mais où trouver une orange ? Par ailleurs, il me faudrait encore de l'encre, sans parler d'une plume d'oie neuve. Celle-ci est tellement usée, à force de noircir page après page, que bientôt je ne pourrai plus la tailler.

Lorsque Lady Sarah et Mary Shelton sont rentrées, hier soir, il y a eu des cris et des larmes

– un peu par ma faute, je dois l'avouer. Je m'étais tellement ennuyée, recluse dans cette chambre, que je m'étais inventé des jeux idiots, comme de faire le tour de la pièce sans poser un pied par terre. Résultat, l'un des petits pots de Lady Sarah et la tenture de lit de Mary avaient légèrement souffert, et j'ai eu beau leur présenter mes excuses…

Ce matin, la reine m'a fait mander. Elle m'a informée, en privé, qu'elle allait devoir envoyer Lord Robert à la prison de Fleet. C'est censé être une geôle moins dure que la Tour, donc j'espère qu'il n'y souffrira pas trop. Elle a ajouté que j'étais autorisée à quitter ma chambre et même à poursuivre mon enquête, pourvu que j'assiste à son souper.

Soulagée, j'ai regagné ma chambre et enfilé mon jupon de chasse. Puis je me suis mise en quête d'Elsie, non sans emporter, enveloppée dans un linge, la petite tourte de mouton mise de côté pour elle hier soir.

Mrs Twiste, qui règne sur la lingerie, l'avait chargée de récurer les grandes lessiveuses de la buanderie, et elle en finissait juste lorsque je l'y ai trouvée.

— Et après ça, j'ai une course à faire, m'a-t-elle annoncé, la bouche pleine, tout en dévorant sa tourte.

Il faisait froid, ce matin. Elle avait les joues roses et le nez rouge. Je me suis assise sur le muret et elle a précisé :

— Il faut que j'aille porter cette pile de draps à Mrs Twynhoe. Pourquoi ne pas m'accompagner, milady ?

Officiellement, Mrs Twynhoe est lingère, en charge du linge de lit, mais en même temps elle est sage-femme et un peu guérisseuse aussi. Depuis longtemps j'avais envie de la rencontrer. J'ai baissé la voix :

— Est-elle vraiment sorcière, comme on le dit ?

— Mais non, ça, c'est des menteries. C'est juste une grosse dame très gentille, qui connaît toutes les herbes, les potions et le reste. Nous pourrons lui demander où il faut aller quand on veut se procurer du crève-loup.

Pas sorcière ? Dommage. J'aimerais bien en voir une, un jour. Mais j'étais tout de même curieuse de rencontrer Mrs Twynhoe, et j'ai donc aidé Elsie à transporter ses panières de draps.

Au début, cette Mrs Twynhoe m'a déçue. Ni verrues ni nez crochu ! C'est une petite dame toute ronde, avec une bonne figure réjouie encadrée de boucles grises échappées de son bonnet. Elle a pris nos paniers comme s'ils contenaient des plumes – il faut dire, elle a des bras de marinier – et elle a placé les draps encore humides sur les longs rouleaux de bois qui servent à les lisser.

— Mrs Twiste m'a dit de vous dire que, si vous avez besoin de moi, je peux rester avec vous un moment, Mrs Twynhoe, l'a informée Elsie avec une petite révérence.

Le sourire de Mrs Twynhoe s'est encore épanoui.

— Oh ! bonne idée. Tu vas pouvoir me donner un coup de main, chère petite. Et appelle-moi donc Mrs Bea, c'est plus vite dit que Twynhoe. Twynhoe, même moi j'avais eu du mal à le dire, au temps de mon mariage. Tiens, si tu pouvais m'aider à rouler ces draps, une fois que j'aurai un peu de vapeur en train… Et peut-être que ton amie nous ferait un peu de couture, pendant ce temps-là ? Je viens juste de couper ce drap usé pour lui mettre les bords au milieu, il n'y a plus qu'à le recoudre. Mais pour ce travail, il faut être bonne couturière.

Elle m'a donné un dé, une aiguille, du fil et un énorme drap de lin, lourd et râpeux, tout hérissé d'épingles au milieu. Je me suis mise à l'ouvrage tandis que, avec l'aide d'Elsie, elle repassait les draps placés sur des rouleaux au moyen de gros fers chauffés sur un brasero. Ça n'avait pas l'air facile, mais Elsie s'en tirait joliment bien.

Avant longtemps, la grande pièce s'est changée en étuve. Moi, assise près de la fenêtre, je cousais à petits points – enfin, les plus petits possible. (Rajeunir le linge usé, c'est bien beau, mais qui voudrait dormir sur un drap avec une grosse couture au milieu ?) Un instant, je me suis demandé qui avait dit à Mrs Bea que je savais coudre, mais je pense qu'elle a dû m'apercevoir parmi les suivantes de la reine, au moins de loin. Nous autres, demoiselles d'honneur, nous savons toutes tenir l'aiguille, même si je ne suis pas, et de loin, la plus fine couturière du lot.

Au bout d'un moment, Elsie a lancé la conversation sur les herbes et j'ai tendu l'oreille.

— La moitié de la saponaire du potager a été dévorée par je ne sais quelle bestiole, disait-elle. Nous voilà obligés d'en acheter à Sa Seigneurie Lord Worthy qui en a dans ses jardins, sur le Strand.

— Ah ? C'est bien fâcheux. Sont-elles plantées en compagnie d'ail et de carottes, au moins ? a demandé Mrs Bea.

— Sûrement pas. Le nouveau chef jardinier n'aime planter qu'en rangs bien droits, et il a horreur qu'on mélange plusieurs sortes de plantes dans le même carré.

— Le sot ! Contre la mouche noire, rien ne vaut quelques pieds d'ail.

— Mrs Bea, s'il vous plaît, a glissé Elsie au bout d'un moment. Lady Grace qui est ici aimerait en savoir davantage sur le crève-loup.

Mrs Bea s'est faite grave.

— Oh ! celle-là, c'est une sale engeance* ! Rien de bon n'en sort jamais, laissons-la aux… (Soudain, ses yeux se sont posés sur moi, aussi perçants que ceux de Sa Majesté, à croire qu'elle pourrait lire en vous.) Et pourquoi tant d'intérêt pour cette plante, milady ? Oh ! pardon, chère petite… s'est-elle reprise aussitôt, se souvenant sans doute du tragique décès de ma mère.

Alors, j'ai mieux aimé avouer :

— Mrs Bea, il faut que je vous dise : j'ai de sérieuses raisons de penser que c'est du crève-loup qui a tué Sir Gerald Worthy, avant-hier.

Mrs Bea en a lâché le drap qu'elle lissait.

— De sérieuses raisons ?

— Oui. J'ai reconnu les signes. Un peu de salive jaune aux coins des lèvres et cette horrible odeur amère.

— Hmmm…

Mrs Bea nous a regardées longuement tour à tour, Elsie et moi, puis elle a repris le drap qu'elle venait de passer sur le rouleau et l'a plié avec l'aide d'Elsie. Enfin elle a continué d'une voix lente :

— Le crève-loup est une plante puissante, proche parente de la belladone, la jusquiame et la douce-amère. Par bonheur, elle est fort rare. Ses feuilles et ses graines, séchées et pilées, donnent une poudre fine qui n'a nulle saveur, mais si maléfique qu'une pincée suffit à faire périr un cheval en une heure. Et elle est difficile à déceler ! Simplement, mêlée à certaines substances – le vin, par exemple –, elle laisse de vilaines taches jaunes.

— Mais si elle est aussi rare, ai-je insisté, où peut-on s'en procurer ?

Elle n'a pas répondu tout de suite. Elle est allée prendre le pichet de bière légère posé sur la table, elle en a empli trois gobelets et nous a fait signe de venir boire.

Elsie n'a pas dit non – Elsie ne dit jamais non à ce qui se boit ou se mange. Et moi j'avais très soif, dans cette étuve. De plus, contrairement à mes craintes, c'était une excellente bière, délicatement aromatisée d'une pelure de citron dans le pichet.

— Bien, a dit enfin Mrs Bea. Où peut-on se procurer du crève-loup ? Chez un apothicaire, évidemment... Quoique pas n'importe lequel. Dans tout Londres, je n'en vois guère que trois, peut-être quatre, qui pourraient en avoir de temps à autre. Mais c'est une poudre fort coûteuse. Au moins dix shillings le scrupule*. Et un scrupule, ça n'est pas guère : moins que le poids d'un grain de blé. Il est vrai que le crève-loup, il n'en faut pas guère non plus...

— Et *qui* sont ces apothicaires ?

Elle m'a souri.

— Bien chère enfant, je ne vais sûrement pas vous laisser courir les rues de Londres pour demander qui est le scélérat ayant acheté du crève-loup dernièrement. Pas même pour sauver votre promis, jamais de la vie.

— Mais que faire ? Il faut que je sache !

— Pardi ! j'irai moi-même. Et j'aurai beaucoup plus de chances d'obtenir une réponse, sauf votre respect, jeune lady, connue comme je suis des apothicaires. Après quoi, je vous dirai tout.

Elle semblait si compréhensive que j'ai résolu de risquer mon va-tout.

— Oh, Mrs Bea, merci ! Euh… ce qu'il nous faudrait aussi, c'est pouvoir faire des recherches dans les chambres, les chambres de gens comme Lord Robert, par exemple. Aller y regarder tranquillement, sans mettre tout le monde en émoi…

— Voir si par hasard il s'y trouve des traces de poudre de crève-loup ? a complété Mrs Bea. Hmmm… Et cette couture, elle avance ?

— Voilà, ça y est, j'ai terminé. Ce n'était qu'une couture ordinaire.

Elle m'a pris le drap des mains et l'a examiné d'un œil critique, puis elle a approuvé du menton.

— Paaarfait. À mon avis, vous deux, vous avez gagné le droit de vous dégourdir les jambes. Je dirai à Mrs Twiste que je vous ai envoyées en quête de deux ou trois draps et taies qui ne sont pas revenus au lavage ce mois-ci. (Elle a tiré d'un coffre un bonnet et un tablier blancs, et me les a tendus.) Tenez, mon enfant. Pour mieux jouer votre rôle.

Elsie a remercié d'une révérence et je me suis hâtée d'en faire autant. Franchement, pour quelqu'un qu'on dit sorcière, Mrs Bea est gentille.

Rien ne l'obligeait à nous aider. Nous avons pris le sac à linge et nous sommes sorties vivement.

Ce bonnet et ce tablier, c'était une riche idée pour me rendre presque invisible. Tout en m'aidant à les mettre, Elsie m'a expliqué que jamais on ne l'envoie seule dans les appartements pour y chercher ci ou ça. Toujours on la fait accompagner, moitié pour éviter le chapardage, moitié pour s'assurer qu'elle ne se fera pas molester. Mrs Twiste et Mrs Bea ne se font guère d'illusions sur le gentleman moyen.

Nous sommes descendues à la Longue Galerie, juste au-dessus des appartements de la reine. Et là, surprise : on aurait cru entendre trépigner un troupeau de bœufs. Elsie m'a fait signe de m'arrêter et, durant une minute ou deux, depuis l'escalier, nous avons écouté les musiciens jouer de la viole et du tambour pour la leçon de danse des demoiselles d'honneur – leçon à laquelle j'aurais dû assister, mais passons.

Le maître de danse s'égosillait, pour changer. « Et deux, et un, et hop, bondissez ! » Une série d'énormes *boum !* a suivi, et le maître de danse a hurlé, à moitié en français, comme chaque fois qu'il est à bout de nerfs : « Non, non, non, non ! J'ai dit sur la *pointe* des pieds ! On jurerait la Tour de Londres en train de s'écrouler ! »

Elsie a été prise de fou rire et moi aussi. Peu après, la musique s'est tue et un nouveau bruit de galopade s'est fait entendre, dans l'escalier cette fois – en direction du rez-de-chaussée, par bonheur –, suivi du pas plus lent du maître de danse et des musiciens.

Le silence revenu, nous avons gagné la Longue Galerie et là, nous avons trouvé Masou qui marchait gravement sur les mains. Il avait dû être, comme si souvent, réquisitionné pour servir de partenaire de danse à une demoiselle ou une autre.

— Ah ! désolé, je ne peux pas venir, nous a-t-il répondu, mis au courant de notre mission. Mr Somers veut que j'apprenne à jongler avec les pieds, et il faut aussi que je m'exerce au nouveau saut qu'il a inventé pour moi.

Là-dessus, il a repris sa balade sur les mains. À le voir, on l'aurait cru capable d'aller ainsi jusqu'à York et retour.

— Par-dessus le marché, a-t-il ajouté, tête en bas, fureter dans les chambres, c'est bon pour les lingères. Moi, si on m'y trouvait, on dirait que je suis venu marauder.

Nous l'avons donc laissé à ses déambulations pieds en l'air, et nous avons gagné les appartements de faveur.

Le tout premier sur ma liste était celui de Lord Robert. Avant de mettre le nez chez les autres, nous devions d'abord nous assurer de son innocence.

Assis à côté de la porte, l'un de ses hommes faisait une patience, le dos rond et l'air accablé.

Elsie a marché droit vers lui.

— Mrs Twynhoe nous envoie ici collecter des taies d'oreiller.

Avec un haussement d'épaules, il nous a ouvert la porte. Je me suis glissée à l'intérieur en détournant un peu la tête, et Elsie m'a suivie prestement. La chambre était petite et de forme biscornue, avec un grand lit à baldaquin et un lit bas à roulettes, le tout dans un désordre tel que je n'en croyais pas mes yeux. Le plancher était jonché de bouts de papier et de chausses en tire-bouchon, sans parler d'os de poulet et de saucisses à moitié mangées. J'en étais sans voix. C'était pire qu'une chambre de demoiselles d'honneur !

En furetant un peu, nous avons déniché trois petits pots d'onguent, porteurs d'étiquettes assurant qu'ils effaçaient les rougeurs de la peau ou soignaient les pustules. Nos cœurs ont battu fort à la vue de sachets d'herbes sèches soigneusement cachés dans un tiroir, parmi des hauts-de-chausses. Elsie a repéré un feuillet de papier glissé par-dessous et me l'a tendu pour que je le lise à voix haute. L'écriture était celle de mon oncle. Il prescrivait une potion contre le bégaiement. *« Faire bouillir ensemble dans du lait caillé bourrache, aigremoine et fleurs de souci, sucrer au miel de bruyère et boire chaque soir à la vêprée. »* Pauvre Lord Robert. Ou bien le remède avait échoué, ou bien il n'avait pas eu le temps d'agir.

Nous avons eu beau fureter, nulle part nous n'avons trouvé trace d'une quelconque poudre jaune pouvant être du crève-loup. J'ai découvert, en revanche, pourquoi Lord Robert est ruiné, ou quasi. Apparemment il n'arrête pas de perdre de l'argent au jeu – et il est clair qu'il joue beaucoup, non seulement aux cartes, à la cour, mais encore aux dés dans les auberges de la ville. Un coffret de bois débordait de papiers sur lesquels étaient notées ses dettes. Je n'ai pas tout examiné, j'ai seulement soulevé le paquet pour voir s'il n'y avait rien par-dessous, mais on dirait bien qu'il doit de l'argent à tout le monde – une foule de gens que je ne connais pas comme une foule de gens que je connais.

Il y avait aussi une lettre, commencée mais non terminée, de Lord Robert à sa mère, la duchesse douairière*, datée du 14 février, « tard dans la nuit ».

Là, je sais, je n'aurais pas dû, mais ça a été plus fort que moi : j'ai lu.

Ma très chère mère,

Vous serez bien aise d'apprendre que j'ai enfin trouvé un fort beau parti, grâces en soient rendues à Son Altesse la reine ainsi qu'à vos bons conseils. Je pense n'avoir plus une seule dette très bientôt, dès l'instant où je serai fiancé à l'unique héritière de la maison Cavendish. Comme vous me l'aviez prédit, très chère mère, elle a préféré les perles aux autres cadeaux présentés, qui se trouvaient être une flasque et une dague. Par bonheur pour moi, elle n'est point trop laide de traits, quoique manquant encore de formes féminines. Pour dire le vrai, elle est même un peu maigriote. Mais elle paraît vertueuse et gaie, son principal travers étant d'avoir la langue trop bien pendue. Espérons qu'avec le temps elle…

Eh bien ! J'étais ravie, comme on s'en doute. Moi qui avais cru que ces perles étaient la preuve que Lord Robert avait su deviner mes goûts ! Pas du tout, il avait interrogé sa mère. Mais il y avait pire, bien pire : ce qu'il voyait en moi, c'était l'héritière. Quel romantisme ! Et de quel droit me trouvait-il « point trop laide de traits » ? De quel droit décrétait-il que j'ai la langue trop bien pendue ? L'avoir bien pendue vaut mieux que de l'avoir dans sa poche, à mon avis.

Je me suis retenue ; je n'ai pas déchiré la lettre. J'ai lu les passages importants à Elsie, qui ne savait trop s'il lui fallait rire ou s'indigner, puis j'ai remis ce vilain bout de papier à sa place.

Ma décision est prise et je n'en démordrai plus : puisque, à l'évidence, Lord Robert n'est pas digne de moi, une fois sorti de prison il pourra reprendre ses perles et expliquer à sa très chère mère que l'affaire est tombée à l'eau, pour finir.

Cela dit, pas trace de poudre jaune – nulle part.

Dans nos recherches, cependant, Elsie a trouvé une taie d'oreiller (sale) qui traînait sous le lit et l'a fourrée dans son sac. Puis elle s'est tournée vers moi et m'a demandé, indécise.

— Et maintenant ?

Je n'ai pas hésité.

— On continue. S'il est innocent, ce que je crois toujours, il faut le tirer de ce mauvais pas. Mais pour ce qui est de m'épouser, désolée pour lui, plus question. Donc, maintenant, à mon avis, on fouille les affaires de Lady Sarah.

Elsie a levé les sourcils.

— De Lady Sarah ?

— Elle faisait les yeux doux à Sir Gerald, le soir du bal, mais c'est moi qu'il a courtisée. Elle pourrait lui en avoir voulu… Sauf qu'en réalité, ai-je ajouté, amère, Sir Gerald ne faisait qu'obéir à son oncle, Lord Worthy. Ce qu'il courtisait, en vérité, c'était mon héritage, lui aussi.

— Oh ça ! pour lui, j'en suis sûre, s'est écriée Elsie. Et d'ailleurs, milady, il n'y a que Sir Charles qui ne courre pas après votre héritage. Sûr et certain. Lui, il est déjà bien assez riche.

En ressortant, Elsie a remercié le garde, mais il n'a pas levé les yeux de ses cartes. Sans perdre un instant, nous avons longé la galerie, franchi le petit pont et gagné l'étage du dessus, celui où nous avons nos chambres, nous autres demoiselles d'honneur et dames de compagnie.

Sitôt dans la mienne, Elsie s'est mise à fouiller parmi les fioles et les petits pots de Lady Sarah. Mais il n'y avait là rien de jaune, tout au plus de l'orange vif, du corail, et surtout du carmin et du pourpre.

Poudres ou onguents, plusieurs de ces flacons, à l'ouverture, dégageaient une forte odeur de bouse. Il y avait aussi, bien sûr, de petits bâtons de khôl, du plomb blanc pour le teint, du cinabre pour les lèvres et les joues, ainsi que des broyats de malachite et de lapis-lazuli pour se faire les paupières vertes ou bleues. (Et si je suis aussi savante, c'est que tout ça était inscrit sur les étiquettes.) Une petite fiole contenait une mixture qu'Elsie, après l'avoir reniflée un bon coup, a décrété être une teinture de tanaisie* et de menthe pouliot*, une autre portait une étiquette annonçant : « Pour s'attirer tous attachements », ce qui nous a bien fait rire.

Il y avait aussi, dans un coffret, un portrait de Sarah en médaillon, avec le visage en cœur alors qu'elle l'a plutôt rond, et le décolleté encore plus pigeonnant que nature. Sans parler d'un assortiment de billets doux signés de gentlemen variés, dont Sir Charles, Lord Robert, Sir Gerald !

Là, j'ai vu rouge. *Mes* prétendants ! Comment osaient-ils ? Est-ce donc si important, une gorge avantageuse ?

Oui, m'a assuré Elsie.

Je n'ai pu résister à la tentation de jeter un regard dans la chambre de Mrs Champernowne, toute propre et bien rangée, avec une grosse pile de livres sur sa table de nuit. J'ai ouvert les deux premiers : rien que des sermons à dormir debout ! Et pas trace de poudre jaune.

Tant que nous y étions, nous avons décidé d'inspecter aussi, prestement, la chambre de Lord Worthy. Après tout, c'était justice d'inspecter *toutes* les chambres. Là, il y avait des piles de papiers partout, plus que je n'en ai vu de ma vie entière. Dans un coin, Elsie a repéré un drap sale, vilainement taché, qu'elle a fourré dans son sac. Moi, j'ai découvert une recette pour faire repousser les cheveux, un petit sachet de poudre vert foncé et divers pots d'onguents. J'en ai entrouvert un, mais il empestait si fort le crottin qu'Elsie, à l'autre bout de la pièce, s'est retournée avec une grimace. J'ai cru défaillir. Je l'ai tantôt refermé !

Ensuite, nous sommes passées à la chambre de Sir Charles.

Elsie ne voulait pas la fouiller.

— C'est un vieux monsieur si gentil ! À Noël dernier, il a laissé pour moi deux petites tourtes au faisan et un gros pourboire. Et il s'est arrangé pour être sûr que ce soit moi qui les aie, en plus !

— Je sais bien, Elsie, mais il faut enquêter sur quiconque pourrait, de près ou de loin, avoir commis le crime. Personne n'est au-dessus de tout soupçon, personne – excepté la reine.

Le logement de Sir Charles, qui fait partie des appartements de faveur, est situé près du grand portail, non loin des petites écuries.

À l'intérieur, un serviteur dormait sur son lit à roulettes, si bien que nous avons dû nous avancer sur la pointe des pieds. Certes, nous avions l'excuse de rechercher pour Mrs Twynhoe des draps et taies égarés, mais ces articles se trouvent rarement parmi les petits pots d'onguent. Des onguents, d'ailleurs, il n'y en avait guère, pas plus sur la table que sous le lit, ni dans le coffre à vêtements. Là encore, pas trace de poudre jaune.

Nous allions ressortir lorsqu'un détail m'a intriguée. Au pied du lit s'alignaient trois paires de chaussures – deux paires de souliers élégants pour la cour et une paire de bottes de cavalier. Les trois semblaient presque neuves. Mais d'autres encore se cachaient sous le lit, qui dépassaient à peine. Et celles-là, nettement plus usées – surtout la deuxième paire de bottes –, semblaient curieusement plus petites. Pour en avoir le cœur net, j'ai placé l'une des vieilles bottes à côté des presque neuves. Il y avait bien deux pointures d'écart ! J'ai chuchoté à Elsie :

— Hé ! Regarde. Bizarre, non ?

— Quoi donc ?

— Ses bottes. Vois : les neuves sont beaucoup plus grandes. Les vieilles, celles qui sont rangées sous le lit, font au moins deux pointures de moins. À croire que les pieds de Sir Charles ont grandi du jour au lendemain. Un peu comme les miens depuis l'an dernier. Mais Sir Charles n'a pas treize ans !

Elsie a froncé les sourcils.

C'est alors que des pas ont retenti dans le corridor ! Et la voix de Sir Charles a lancé :

— Stevens ! Es-tu là ?

J'ai regardé Elsie, horrifiée, mais elle n'a fait ni une ni deux, elle s'est jetée sous le grand lit. Je l'ai suivie en hâte, repoussant un haut-de-chausses tout sale. Et c'est à travers l'alignement de vieux souliers que nous avons vu Sir Charles, ou plutôt ses pieds, entrer dans la pièce.

Lesdits pieds étaient chaussés d'une autre paire de bottes encore, superbes, flambant neuves, et décidément je les trouvais grands, ces pieds. Je me torturais l'esprit pour essayer de revoir en pensée ceux de Sir Charles, d'ordinaire. Avaient-ils ou non changé ?

Quoi qu'il en soit, ils ont marché droit vers le lit roulant et Sir Charles a dû secouer son valet, car nous avons entendu celui-ci marmotter : « Qu'est-ce que… ? », puis dire d'une voix plus claire, en sautant sur ses pieds :

— Hummm, oui, Mr Amesbury.

Mr Amesbury ? Pas *Sir* ?

— Va voir mon frère sur l'heure. Assure-toi qu'il lui reste de l'eau à boire et surtout qu'il est bien enfermé, a répondu la voix de Sir Charles.

— Bien, Mr Amesbury, si vous y tenez, a ronchonné le dénommé Stevens.

— Il se trouve que oui, Stevens, j'y tiens.

La voix était rogue, rien à voir avec l'aimable rondeur de Sir Charles.

Et moi, je n'y comprenais plus rien. Sir Charles n'était pas Sir Charles ! Il était même quelqu'un de tout à fait différent. Avec une voix presque identique, peut-être, mais des pieds plus grands, et… Une pensée m'a traversé l'esprit. Sir Charles n'avait-il pas un frère ? J'ai réfléchi. Que savais-je de lui ? Mais oui ! un frère mort en France… Si du moins il était bien mort ! Et comment se nommait-il, déjà ? Harry ? Non, Hector.

— Feriez mieux de lui trouer la peau, si je peux me permettre, Mr Amesbury. Et l'envoyer boire l'eau de la Tamise, a conseillé Stevens, qui semblait enfiler son justaucorps. Au moins, comme ça…

— Merci pour tes conseils, Stevens, a répondu sèchement l'imposteur. Mais je m'estime assez grand pour savoir ce que j'ai à faire. Avant de me débarrasser de lui, il faut que je sois au courant de ses affaires – et aussi que j'aie trouvé où il cache sa paperasse, tous ses titres et ses actes de propriété.

— M'est avis qu'il ne va pas vous le dire, sauf votre respect, Mr Amesbury. Faudrait voir à le persuader un peu mieux.

— Je connais mon frère, Stevens. Il finira par tout dire. Se laisser mourir de faim n'est pas dans ses manières.

Tudieu ! En voilà des façons de parler d'un frère, et surtout de le traiter ! À côté de moi, sous le lit, Elsie ouvrait des yeux immenses. Moi, j'avais la main plaquée sur la bouche, parce que l'odeur de vieux fromage qui se dégageait de ce haut-de-chausses me donnait une horrible envie de tousser.

Le faux Sir Charles a eu un petit ricanement.

— En tout cas, quand l'affaire sera faite, je ne serai pas fâché de retirer ce rembourrage. Il fait chaud, sous ces épaisseurs… Mais bah ! il me suffira de feindre une bonne fièvre durant quelques jours.

Le doute n'était plus permis. Il s'agissait bel et bien du Pas-si-honorable-Hector Amesbury, frère de Sir Charles du même nom.

Il s'est assis sur le lit et, avec l'aide de Stevens, il a enfilé ses bottes de cavalier.

— Bon, il faut que j'aille faire un tour du côté de ces satanées écuries, sans quoi on va se demander pourquoi mon frère ne vient pas saluer ses chères haridelles*. Après ça, j'irai le voir, lui, et le… lui parler. Vas-y d'abord et annonce-lui que j'arrive.

— Bien, Mr Amesbury, a répondu Stevens depuis la porte. Vous êtes sûr que vous ne voulez pas que je… que je le travaille un peu, histoire de préparer le terrain ?

— Si tu y tiens. Mais pas trop fort, compris ?

— Compris.

Je me débattais furieusement contre mon envie de tousser. Ils ne pouvaient pas se dépêcher, ces deux-là, qu'au moins je respire un peu ? À côté de moi, Elsie ne semblait pas incommodée par le haut-de-chausses, mais elle tremblait.

Moi aussi, je tremblais intérieurement. Quelle sorte de frère était donc cet Hector Amesbury ? Tenir son aîné enfermé, l'affamer ? Non, c'était inqualifiable. Impensable. Inimaginable.

Lorsque enfin la porte s'est refermée sur eux, je n'ai pas attendu des heures. L'instant d'après, j'étais debout, loin du haut-de-chausses offensant. Elsie m'a suivie lentement, tremblant toujours.

Alors une pensée m'a glacé le sang.

— Bonté divine ! Peut-être est-ce lui qui a assassiné Sir Gerald ?

— Cela ne m'étonnerait point ! Quelqu'un qui est capable d'enfermer son frère et de le laisser mourir de faim… Et ce pauvre Sir Charles qui aime tant la bonne chère !

— Voilà pourquoi Doucette faisait sa mauvaise tête, hier. Elle le savait bien, elle, que ce n'était pas Sir Charles. Et voilà pourquoi, au bal, il chantait *Greensleeves* comme une cloche fêlée ! Mais tout ça ne nous dit pas l'essentiel : pourquoi ? Pourquoi faire ce genre de misères à un frère ?

Vite, nous avons couru à la Longue Galerie pour mettre Masou au courant. Il s'exerçait – prudemment – à passer d'un bond de sa posture tête en bas à la position debout et vice versa. Il a cessé de cabrioler quand nous lui avons tout raconté à voix basse.

Mais quand j'ai conclu résolument : « Il faut aller délivrer Sir Charles », ils ont fait une drôle de tête, tous les deux.

— Ah oui, et comment ? a demandé Elsie.

— Il n'y a pas trente-six façons : il faut trouver où il est enfermé et l'en sortir. Et vite ! Il faut que l'un de nous suive Hector Amesbury et découvre où il va.

Masou nous a regardées tour à tour, il a fait mine de chercher des yeux, dans la galerie déserte, un autre volontaire, puis il s'est désigné du doigt.

Je lui a fait mon plus beau sourire. Il s'est rechaussé en vitesse et s'est dirigé vers la porte.

Je lui ai rappelé :

— En ce moment même, en principe, il doit être aux écuries. C'est là qu'il allait, d'après lui, avant de filer voir son frère.

Il a acquiescé en silence et s'est élancé dans l'escalier.

Dix secondes plus tard, il était de retour :

— Et s'il prend un bateau, milady ?

J'ai compris. J'ai sorti ma petite aumônière, celle que je porte à la ceinture, et j'en ai tiré quelques pennies que je lui ai lancés.

— S'il te surprend à le suivre, dis-lui que tu voulais lui demander du travail.

Il m'a répondu d'un grand sourire, puis il a redisparu.

Là-dessus, Elsie et moi avons couru tout droit à la chambre de Sir Charles, afin de la fouiller à fond, cette fois. Méthodiquement, d'un mur à l'autre. Rien. Pas la moindre pincée de poudre – pas plus jaune que verte ou rouge – ni la moindre tache non plus. Elsie s'est contentée de prendre deux chemises sales sur une chaise, et nous avons regagné la lingerie pour tout rapporter à Mrs Bea.

Elle a commencé par examiner le drap, les taies et les chemises sales, elle les a marquées sur son registre, puis elle a dit à Elsie de les emporter à la buanderie et de reprendre son ouvrage.

Enfin elle m'a regardée, l'œil brillant.

— Alors ? Avez-vous fait des découvertes ?

Je brûlais de la mettre au courant, pour Sir Charles et son frère, mais elle risquait de tout dire à Mrs Champernowne. Et cela, il n'en est pas question ! J'ai donc tenu ma langue et répondu seulement :

— Pas trace de crève-loup. Nulle part.

Je m'efforçais de paraître déçue, et il semble bien qu'elle m'ait crue.

— Hmph. Revenez me voir demain, chère enfant, et je vous dirai si quelque apothicaire en a vendu récemment. Ils pourraient ne pas se souvenir, notez bien, ou avoir été payés pour oublier. Mais je poserai la question. Ce serait trop triste si ce pauvre Lord Robert devait y laisser sa tête, surtout s'il n'y est pour rien.

— Ne serait-il pas plutôt pendu ? a demandé Elsie depuis la porte, où elle s'était attardée pour écouter. Je croyais que, pour un assassinat, c'était la pendaison, toujours.

— Certes, Elsie, certes, pour un roturier. Mais un noble est en droit de choisir plutôt la hache.

Je n'étais pas sûre de préférer l'une à l'autre, mais j'ai gardé mes doutes pour moi. En revanche, je trouvais Mrs Bea bien bonne, décidément, de chercher à nous venir en aide de la sorte. Je le lui ai dit. Elle a éclaté d'un rire si fort que ses joues roses en tremblaient comme de la gelée.

— Dieu du Ciel, Lady Grace ! Ce n'est pas pure bonté. Simplement, je n'aime pas l'idée de voir se faire exécuter quelqu'un qui me doit des espèces sonnantes et trébuchantes.

— Ah, parce qu'il vous en doit, à vous aussi ? Beaucoup ?

— Assez, ma foi. Pour trois conjurations de verrues et une potion contre le bégaiement. Sans parler d'un charme pour gagner au jeu, mais ceux-là ne sont payables qu'en cas de résultat, et je ne crois pas qu'il en ait eu guère.

J'ai senti monter ma colère.

— Des dettes, il en a avec tout le monde. C'est même pour cette raison qu'il voulait m'épouser.

— Pardi, ma chère enfant ! C'était l'évidence. Vous n'aviez pas cru qu'il vous aimait, si ? Et vous, l'aimiez-vous ?

— Jamais de la vie ! Il n'a rien fait qui me le rende particulièrement aimable, et il n'est même pas capable d'aligner trois mots. De toute manière, tomber amoureuse, c'est manquer de dignité, je trouve. C'est bon pour les hommes.

Mrs Bea a gloussé, ravie.

— À la bonne heure ! Une jeune lady aussi bien née que vous n'a rien à faire de tomber amoureuse, pour sûr. Ah ! je suis bien aise de vous voir la tête sur les épaules.

— Pas comme Lord Robert bientôt, a gloussé Elsie.

J'ai rendu à Mrs Bea sa tenue de lingère, puis j'ai regagné ma chambre. Devant la porte m'attendait mon dîner sur un plateau – pain de gruau, salé de bœuf, carottes et poireaux, une portion de fromage dur et un bout de racine de panicaut* au vinaigre (c'est bon contre le scorbut, dit Mrs Champernowne). J'ai tout avalé en vitesse et, depuis, j'écris, j'écris, mais j'entends quelqu'un arriv…

Le dix-huitième jour de février,
en l'an de grâce 1569. Midi.

Vertudieu ! Tant à raconter ! Je ne sais par où commencer, et je tombe de fatigue après une nouvelle nuit sans sommeil. Mais tant pis si la tête me tourne : il me faut consigner par écrit les derniers développements de l'affaire, sans quoi je ne dormirai jamais. Et quelle équipée, mes aïeux !

Où en étais-je ? Ah oui. Hier soir, peu avant le souper, c'est Mrs Champernowne qui m'a obligée à m'interrompre.

Je la revois encore entrer dans la chambre d'un air soupçonneux.

— Et où donc étiez-vous passée, Lady Grace ? Sa Majesté souhaitait vous parler.

— Euh… j'étais allée me promener un peu, ai-je improvisé. Aux alentours du palais. La reine m'y a autorisée…

L'alibi semblait bien léger. Allait-elle l'accepter ?

Elle a pris un air plus sévère encore.

— Je trouve Sa Majesté bien clémente avec vous, Lady Grace. Et je vous conseille vivement de ne plus vous faire remarquer. Allez, maintenant. Habillez-vous comme il se doit et allez rejoindre la reine pour son souper.

Lord Worthy soupait de nouveau avec Sa Majesté, mais cette fois je n'étais pas conviée à leur table. Je me suis contentée d'apporter le vin lorsque la reine me l'a demandé, ainsi qu'une serviette de lin afin qu'elle s'essuie les doigts après les avoir rincés. Elle se montrait distante avec moi, alors que je brûlais d'envie de lui faire part de mes dernières découvertes. Je me demandais où en était Masou de sa mission. Avait-il regagné le palais ? Sain et sauf ? Malgré moi, je me mordillais un ongle, et la reine m'a rappelée à l'ordre.

Ensuite, les acrobates sont arrivés et Masou, grâce au Ciel, était bien parmi eux. Il a fait son entrée sur les mains, s'est redressé sur ses pieds d'un saut périlleux en arrière et m'a décoché un clin d'œil. Puis toute la troupe est repartie, et je n'ai plus eu qu'une idée : trouver un prétexte pour m'éclipser et filer à la recherche de Masou. Enfin, j'ai pu descendre au cellier pour y remplir une cruche de bière. Les jongleurs et les acrobates étaient là, occupés à boire. Alors Masou, avec ostentation, s'est précipité pour m'aider à remplir la cruche, puis il m'a entraînée discrètement à l'écart, non loin du tonneau, et il m'a raconté son après-midi.

— J'ai suivi Sir Charles, a-t-il commencé, mimant sur place tout un long trajet sur la pointe des pieds et faisant mine de se cacher d'arbre en arbre.

— Pas Sir Charles, Masou. Son frère, Hector.

Il a levé les yeux au ciel.

— Sauf votre respect, milady, est-ce vous qui racontez l'histoire ?

J'ai souri, le désignant du doigt. Il a répliqué d'une élégante courbette.

— J'ai donc suivi le Frère Infâme jusqu'au Palais des Chevaux, priant Allah qu'il n'enfourche pas un destrier pour rendre visite au Frère Infortuné. Allah soit loué, il n'en a rien fait. Il a pesté un moment contre les domestiques, puis il est descendu jusqu'au fleuve et là, depuis les marches, il a crié : « Bateau ! » Un vaisseau noir, gréé de voiles noires, manœuvré par un serpent vert, s'est approché. Frère Infâme est monté à bord et le serpent l'a conduit au cœur de la ville.

« Le vaisseau noir parti, j'ai crié : "Bateau !" à mon tour et une barque d'or à la voile rouge rubis a surgi, manœuvrée par un serpent jaune qui m'a demandé : "Quel est ton désir, ô Prince des Acrobates ?" Je suis monté à bord et j'ai prié le serpent de suivre la voile noire du Frère Infâme. Il s'est alors changé en horrible djinn* et m'a dit : "Il te faudra débourser six pence." Force m'a été de verser cette obole. Nous avons donc suivi la première embarcation jusqu'à d'autres marches au bord de l'eau, celles-ci ornées d'or et d'argent et menant à un jardin ainsi qu'à quelques maisonnettes de pierre. J'ai payé le djinn et mis pied à terre. Je me suis tapi sous un buisson, si touffu qu'il me rendait invisible, tandis que le Frère Infâme gagnait l'une des maisons et frappait à la porte. Un autre coquin lui a ouvert, aux mains tachées de sang, j'en jurerais. Je n'ai point vu le Frère Infortuné, mais il devait être là, à en croire les dires de l'Infâme. Moi, craignant d'être découvert, j'ai regagné les marches et me suis mis en quête d'une nef pour mon retour. Enfin j'ai vu venir une coque de noix à la voile en toile d'araignée, avec un singe à la barre, lequel a bien voulu me prendre à bord lorsque je l'en ai supplié. Et me voici de retour à la cour, juste à temps pour cabrioler devant Son Altesse.

Il s'est incliné, puis m'a regardée d'un air insistant, bras croisés. J'ai compris à temps ; j'ai applaudi tout doux.

— Fort joli conte, mais… contient-il seulement une once de vérité ?

Masou a eu un large sourire.

— Assurément, au moins en substance. À mon avis, l'Infortuné est tenu prisonnier dans l'un des petits cottages du cimetière de St Mary Rounceval.

Ma décision a été vite prise.

— Il faut aller là-bas. Cette nuit. (À la seule pensée de la réaction de la reine si elle l'apprenait, le cœur me manquait. Mais que faire d'autre ?) Sais-tu s'il y a moyen de s'y introduire à l'insu du garde ?

— Hum… Il y a des petites fenêtres. Étroites, et garnies de verre, je crois. Mais je devrais pouvoir m'y faufiler. Oui, cela se pourrait. Mais, milady, ce serait très dangereux…

— Il le faut. Peux-tu nous trouver un bateau ?

Il s'est incliné, les mains en croix sur la poitrine.

— Je suis votre humble serviteur, milady.

Et là-dessus il a disparu en faisant la roue cinq ou six fois de suite.

Bien vite, mon pichet à la main, j'ai regagné la salle à manger de la reine. J'ai dit à Sa Majesté, bien haut pour que tout le monde m'entende, que je souffrais d'une migraine, et j'ai demandé la permission de me retirer.

Je ne crois pas que la reine ait cru à ma migraine, mais elle m'a donné congé.

Et une fois de plus j'ai attendu dans mon lit, raide de peur et d'excitation, une chemise enfilée par-dessus mon jupon, le retour de Mary et de Lady Sarah, restées auprès de Sa Majesté. Plus tard, à ma grande surprise, Mary est revenue seule. Aha ! Lady Sarah avait dû s'égarer en route… Oh ! parfait, me suis-je dit. Qu'elle essaie de me dénoncer, un peu. J'aurai de quoi riposter.

Sitôt que j'ai entendu Mary dormir, je me suis glissée hors du lit, hors les murs, et j'ai rejoint Elsie et Masou au verger.

En route pour la grande aventure !

La première émotion, je la dois à Masou. À peine arrivée, je vois une ombre me sauter dessus et je l'entends chuchoter :

— Avez-vous songé à prendre de quoi payer le bateau ?

Aïe ! J'ai oublié. Je palpe mon aumônière. Ouf ! j'ai quelques pièces dedans, j'espère que cela suffira.

Nous traversons le palais tant bien que mal – la cour ne manque pas de noctambules –, puis nous descendons jusqu'au fleuve. Masou siffle tout doux ; une embarcation s'approche, elle s'immobilise au bas des marches. Ce n'est pas l'un de ces bachots qu'on voit d'ordinaire sur la Tamise, mais une barque minuscule, dotée d'une toute petite voile et menée par un garçon du même âge que Masou, je pense, et tout aussi filiforme que lui.

Je souffle à l'oreille de Masou :

— Qui est-ce ? Le singe à la coque de noix ?

— Milady, répond Masou avec une courbette exagérée, permettez que je vous présente mon ami Kersey. Kersey, voici Lady Grace, la demoiselle dont je t'ai parlé.

— Tu lui as parlé de moi ! ? Et pour lui dire quoi ?

Il répond d'un geste évasif, l'air innocent. Le garçon pose ses rames et soulève son bonnet crasseux.

— Très honoré, milady. Désolé de ne pas t'avoir cru, Masou. Embarquez, mesdames ! ajoute-t-il avec un clin d'œil pour Elsie.

— Pas de « milady » avec moi, hein ! prévient Elsie en sautant à bord, où je la suis d'un pas branlant. Moi, j'accompagne ma maîtresse pour préserver sa réputation.

Masou me lance un coup de coude, et je vide ma bourse dans la paume ouverte de Kersey. Il me remercie d'un grognement, fourre le tout dans sa manche, puis toussote, hésitant.

— À ce que m'a dit Masou, milady, vous êtes dame d'honneur de la reine ou quelque chose dans ce goût-là…

— *Demoiselle* d'honneur seulement. Au-dessus, c'est dame de compagnie.

Sacré Masou, il aurait pu tenir sa langue !

— Oui, c'est ça, d'moiselle d'honneur, mais d'après ce qu'il m'a dit, vous voyez la reine tous les jours et même, des fois, elle vous parle.

— Ça, c'est vrai.

— Moi, la reine, je l'ai vue en vrai une fois. Tout habillée d'argent et de velours noir, avec des tas de diamants dans les cheveux, qu'elle était. Même que c'est moi qui tenais le bateau droit pour qu'elle monte à bord – mon père est batelier de relève – et même qu'elle m'a écrasé le pouce au passage. Alors, elle m'a donné son mouchoir pour l'attacher autour, et elle m'a dit qu'elle espérait que ça n'allait pas faire mal longtemps. Vous vous rendez compte ? Me donner son mouchoir comme ça, et me dire…

— Elle très généreuse, c'est vrai. Surtout pour ceux qui la servent.

Tout en parlant, Kersey commence à ramer le long de la rive nord, parmi les tourbillons sournois dont la Tamise a le secret. Il est clair que la discussion l'intéresse davantage que les mouvements de son bateau, ce qui n'est pas pour me rassurer. Il pousse un grand soupir.

— Ah ! si je pouvais la voir tous les jours, moi aussi ! Comment il faut s'y prendre, au juste, pour faire partie de la cour ?

Je réponds de mon mieux.

— Pour commencer, il faut être très riche. Assez riche, en tout cas, pour se payer le luxe de faire semblant de l'être.

— C'est-à-dire, riche comment ?

— Par exemple, il faut un habit de velours. Un habit de velours, ça coûte au moins cent livres, et encore, pas un beau.

Le malheureux ; il en reste muet.

Peu après, Masou frappe doucement sur le flanc du bateau, et Kersey rame en direction de la muraille luisante et visqueuse d'une rangée de bâtisses bordant la rive. De petites fenêtres s'alignent au-dessus du fleuve, des marches mènent à une grille.

— C'est là que Sir Charles est enfermé, chuchote Masou, désignant une maison tout au bout de la rangée. La porte est gardée, il va falloir s'introduire par l'arrière.

Kersey amarre le bateau à un anneau de fer pris dans le mur.

— Je vais essayer d'atteindre cette petite corniche, là, annonce Masou, indiquant les fenêtres. Et il va me falloir le diamant que l'une de ces dames porte à son doigt.

— Diamant ? s'étonne Elsie. Pour quoi faire ?

Masou sourit dans le clair de lune.

— Parce que seul le diamant est assez dur pour couper le verre.

Elsie se tait. Moi, je réfléchis. Il y a bien un petit diamant sur la bague de perles qui me vient de ma mère… J'hésite un instant, puis, un peu inquiète, je tends ma bague à Masou.

Il me remercie d'un signe de tête. Encore heureux. J'aurais pu refuser. Cette bague est sans prix.

— Bien, et maintenant, poursuit-il, c'est une chance que vous soyez grande, milady. J'espère qu'en plus vous êtes costaude, parce que vous allez devoir me faire la courte échelle.

— La courte échelle ? Debout sur ce bateau ?

— Oui. Une vraie échelle ne servirait à rien. Trop rigide.

Déjà Kersey amarre l'arrière du bateau à un deuxième anneau.

— Mais je ne p…

— Elsie et Kersey vont vous tenir. Vous ne tomberez pas, promis. Tout ce que je vous demande, c'est de rester sans bouger. Je vais vous escalader comme si vous étiez un arbre.

— Sans bouger ? Sur ce bateau instable ?

J'avise une pierre qui dépasse du mur, je m'y cramponne de toutes mes forces.

— Bien, dit Masou, et il bondit sur mon dos. Mais il a beau être menu et souple, il pèse quand même son poids… Je pousse un cri et manque de tomber à la renverse.

— Je l'avais bien dit que c'était à moi de le faire, s'alarme Elsie. Je suis plus forte qu'elle !

— Mais pas assez grande, chuchote Masou, un pied sur mon épaule droite. Voilà. Ne bougez plus !

Le bateau grince, il prend de la gîte. Masou pose l'autre pied sur mon épaule gauche et recouvre son équilibre. Mais moi, aïe aïe aïe ! mon dos va céder, j'en suis sûre. Et brusquement, après un rebond, tout le poids s'envole d'un coup.

Je lève la tête. Tapi sur le rebord de la fenêtre, Masou colle le nez à la vitre. Il grogne quelque chose tout bas et, plaqué contre la muraille, il se coule sur le rebord suivant. Nouveau grognement. Elsie et moi le suivons des yeux, horrifiées à l'idée d'un échec après tant d'efforts. C'est alors que je remarque la chose étrange et longue, enveloppée de tissu, que Masou porte en bandoulière. De quoi peut-il s'agir ?

À la fenêtre suivante, Masou marmotte enfin quelques mots qui pourraient bien être un cri de triomphe.

Il reste accroupi là sans bouger durant de longues, longues minutes, puis un affreux crissement nous fait sursauter, sans doute le bruit du diamant mordant le verre, suivi de deux ou trois coups secs. L'instant d'après, Masou détache un bout de verre précautionneusement et le jette dans la Tamise. Puis je le vois plonger le bras à l'intérieur, chercher le loquet à tâtons… et voilà ! La fenêtre est ouverte ! Masou déroule la corde qu'il portait en ceinture, il en noue une extrémité au montant de la fenêtre…

— Et maintenant, Lady Grace, me chuchote-t-il très bas, il faut que vous grimpiez aussi.

Grimper ? Mais comment faire ? Sur les conseils de Masou, j'enroule cette corde autour de ma taille, je fais un gros nœud bien serré, puis je me hisse à la force des bras, en me calant les pieds, ici et là, dans les crevasses du mur. La pierre est visqueuse et terriblement glissante. Par deux fois, je manque de tomber à l'eau, mais pour finir me voici à mon tour sur ce rebord de fenêtre. Je m'y accroupis, le cœur battant comme un tambour de bal.

Alors Masou fait descendre la corde à l'intérieur de la pièce, il s'y suspend et hop ! se laisse tomber dans l'obscurité. Je le suis, les jambes molles – et nous voilà tous deux dans un galetas qui empeste le rat et le moisi, tout tapissé de paille au sol. Je distingue là un pot de chambre qui m'a l'air plein à ras bord, et, dans un coin, une forme allongée par terre, sous une couverture ou un manteau. Une forme humaine, apparemment, celle d'un homme plutôt replet…

Je m'approche. Mais oui, c'est lui ! Je lui effleure l'épaule. Il sursaute, gronde comme un fauve :

— Qui va là ? Non mais, qu'est…

Je bredouille :

— Sir Charles, c'est… C'est bien vous ?

Et si nous faisions erreur ? Masou, occupé à se battre avec un morceau d'amadou, parvient enfin à allumer une chandelle et…

À nos pieds, c'est bien Sir Charles, mais un Sir Charles en triste état : en chemise, enroulé dans son manteau, hirsute et l'œil poché par-dessus une barbe de trois jours.

— Dieu du ciel ! Lady Grace ! Mais que… (Il plisse les paupières, méfiant soudain.) C'est mon frère qui vous a conduite ici ?

— Certes pas, et encore heureux ! Un frère pareil, merci bien ! Que nenni, c'est nous qui sommes venus tout seuls, venus vous tirer de là.

En hâte et dans le désordre, je lui résume nos découvertes et comment nous sommes parvenus jusqu'ici. Il hoche la tête, égaré. Dans l'entre-temps,

Masou a déballé l'objet qu'il portait sur le dos. Il s'incline.

— Sir, je crains que la fenêtre ne soit trop étroite pour vous, mais je vous ai apporté ceci.

Et il tend à Sir Charles une dague effilée.

Sir Charles s'en saisit, teste la lame, puis fait non de la tête.

— Mais je suis entravé. Voyez !

Il lève un pied : sa cheville est prise dans des fers, reliés au mur par une courte chaîne.

Alors Masou, sourire aux lèvres, tire de son paquetage une petite trousse emplie de crochets et de limes. Pendant que je fais le guet à la porte, il examine l'anneau de fer à la cheville de Sir Charles. Suivent de longs crissements de ferraille, puis des grincements, des cliquetis. Enfin, j'en tends un *clic !* décidé. L'instant d'après, Sir Charles est debout, dague à la main. Il a beau avoir un peu de ventre et l'air plus très jeune, il a de quoi faire trembler.

Et il ne plaisante pas, non plus. D'un geste, il désigne la fenêtre.

— Maintenant, vous autres, filez !

Je tente de protester :

— Mais… nous pouvons encore vous aider, sir.

— Jeune lady, ce qui va suivre n'est pas fait pour vos yeux. Je vous retrouve en bas, à l'embarcadère.

Masou s'incline. Il empoigne la corde, la tient pour m'aider à grimper. Je trouve l'exercice plus dur encore qu'à l'aller : mes paumes de main me brûlent horriblement.

Nous sautons dans le bateau. Plus qu'à attendre.

Peu après, des bruits de coups nous parviennent, et la voix de Sir Charles, étouffée :

— Au secours ! Aah ! À l'aide ! J'étouffe !

À mon avis, ce n'est pas très convaincant, mais peu importe : apparemment, la porte se déverrouille, et nous reconnaissons la voix de Stevens :

— La première leçon n'a donc pas suffi, espèce de…

Un choc sourd, un bruit de lutte, un odieux crissement, un cri bref – puis plus rien. Quelques instants plus tard, le souffle court de Sir Charles se fait entendre sur les marches de pierre, son épaisse silhouette se dessine au ras de l'eau.

Toujours haletant, à gestes prudents, il prend place à bord du bateau, déjà bien chargé par notre poids à tous les quatre, et il lave longuement dans l'eau du fleuve la lame de sa dague, puis ses mains.

Après quoi il tend l'arme à Masou. Mais Masou fait non de la tête. Nul ne dit mot. Pour être franche, j'ai un peu la nausée.

Kersey reprend les rames et, lentement, à contre-courant, nous remontons le fleuve en direction du palais.

Pour tenter d'oublier mon estomac en révolte et les remous de l'eau noire si proche, je demande à Sir Charles comment il s'est retrouvé enfermé dans cette masure. Il se tourne vers moi avec un long soupir.

— Tout ce que je puis dire, chère petite lady, c'est qu'après notre leçon de cheval, la veille de la Saint-Valentin, je suis allé faire un somme en mes appartements. Quand je me suis éveillé, j'étais en ce lieu sordide, les pieds dans les fers. J'avais peine à y croire, pourtant je ne rêvais pas : mon frère jumeau, que je croyais mort, se tenait devant moi, il exigeait de savoir où je cachais mes papiers et tout ce qui concernait mes finances.

Il s'essuie le front – il transpire à grosses gouttes, malgré la froidure de la nuit –, puis il enchaîne :

— Mon frère jumeau, Hector, m'a toujours haï, bien que jamais je ne lui aie refusé mon aide financière lorsqu'il se trouvait dans le besoin. Ces derniers mois, je le croyais en France, à combattre les papistes… Et puis, tout récemment, comme je vous l'avais dit, j'avais appris sa mort. Or voici qu'il réapparaissait, et menaçait de m'affamer, ou pire, si je ne faisais selon son gré. Bien entendu, je lui ai résisté, car de toute façon, je le savais, me rendre à ses exigences était signer mon arrêt de mort. Alors il m'a envoyé son homme de main afin de m'intimider par les coups…

— Stevens ? Où est-il, là, maintenant ?

Sir Charles détourne la tête.

— Justice a été faite. Stevens n'est plus.

J'ai un haut-le-cœur. La tête me tourne. Difficile d'imaginer Sir Charles, si rondouillard, si jovial, le Sir Charles épris des chevaux et chantant *Greensleeves* à pleine voix, en train d'occire un adversaire. Même avec d'excellentes raisons.

— Pas volé, marmonne Elsie.

Je lève les yeux vers le ciel. Le petit jour pointe sur Londres. Et soudain, sans prévenir, mon cœur sombre. Nous avons sauvé Sir Charles, fort bien, mais à présent, que va-t-il s'ensuivre ?

Comme s'il pressentait mes alarmes, Sir Charles murmure doucement :

— N'ayez crainte, Lady Grace. Sa Majesté sera fière de vous. Laissez-moi lui parler d'abord, son courroux sera tantôt apaisé.

Puis il se tait, la mine longue.

Aucun de nous ne dit plus rien. Comme la marée, en s'inversant, est venue renforcer le courant, nous prenons chacun une rame afin de remonter vers Whitehall. Quel soulagement, au bout d'un moment, d'accoster enfin le long de l'embarcadère !

Las ! en haut des marches, nous voilà nez à nez avec un yeoman* éberlué qui nous barre le chemin.

Par bonheur, en approchant, je reconnais celui-ci : il fait partie de la Garde de la reine. Je le salue, puis j'essaie de prendre un ton altier – tout en sachant que ma tenue, ni très présentable ni très propre, joue fort peu en ma faveur.

— Euh, Mitchell, je vous prie… Auriez-vous l'obligeance d'informer Sa Majesté que nous avons arraché le vrai Sir Charles Amesbury au cachot où le tenait enfermé son jumeau et que nous le ramenons sain et sauf ?

A-t-il compris ? Je n'en sais rien, mais à partir de là, tout se précipite. À grand tumulte, à grand tapage, on éveille la reine, on l'informe, on l'apprête au plus vite pour une audience matinale imprévue.

Au bout d'un long, très long moment, on nous introduit dans la salle d'audience. Là trône la reine, la mine furibonde, flanquée de son fidèle Lord Worthy. Mary Shelton et Lady Sarah pointent le nez derrière le dais royal, bien décidées à ne pas perdre une miette des événements. Sans doute sont-elles venues mettre en place la traîne de Sa Majesté, après quoi elles se sont débrouillées pour rester dans la place, feignant de s'absorber dans leurs travaux d'aiguille.

La reine n'a pas un regard pour moi. J'espère que sa colère n'est que pour la galerie. Car si vraiment elle s'est lassée de mes aventures à rebondissements, les choses risquent d'aller fort mal pour moi !

Sir Charles s'avance, il s'agenouille et, sobrement, conte à la reine ce qui lui est arrivé. Elle l'écoute en silence. Lorsqu'il se tait, sans commentaires, elle envoie chercher celui qui prétend être Sir Charles.

Hector Amesbury arrive. Il n'a pas l'air très à son aise. Sir Charles se tourne vers lui, la main sur le pommeau de son arme. À première vue, ils se ressemblent comme deux gouttes d'eau, à ceci près que Sir Charles est plus hirsute qu'un bandit de grand chemin. Malgré tout, à mieux y regarder, Hector est plus grand que son frère – d'un pouce, peut-être, ou d'un pouce et demi.

Le faux Sir Charles a un petit ricanement.

— Ha ! je vois que mon jumeau, ce pauvre Hector, est encore parvenu à s'échapper. Il a perdu la raison, le malheureux, et, depuis, il se prend pour moi. On s'y tromperait, je vous l'accorde.

— Comment oses-tu, Hector ? se récrie Sir Charles, le vrai, avec un accent de tristesse. Je t'ai offert un revenu décent. Je t'ai aidé à gagner la France. Comment peux-tu faire une chose pareille ?

Hector hausse les épaules.

— Son insanité saute aux yeux, Majesté. Il n'est guère surprenant que, dans son innocence, votre gentille demoiselle d'honneur s'y soit trompée.

Le regard de la reine va du vrai Sir Charles à l'imposteur. Elle s'écrie, le front plissé :

— Gentlemen, comment résoudre ce litige ?

Moi, je n'y tiens plus. Je ne songe même pas à m'agenouiller. Je lâche d'un trait, avec juste une courbette :

— Majesté, je crois avoir une idée.

Un silence pesant salue ces mots.

— Oui ? Et laquelle ? s'enquiert la reine.

Le ton n'a rien d'encourageant. Je respire un grand coup et fais la révérence.

— Majesté, le mieux est de consulter quelqu'un qui connaît bien Sir Charles…

— Et qui donc ?

— Doucette !

À ma joie et à ma surprise, l'idée paraît bonne à la reine. Et nous voilà tous en chemin, en une bien étrange procession, pour la stalle de la jument, aux écuries. En entendant hennir sa monture préférée, Sir Charles s'éclaire d'un sourire, le premier depuis longtemps.

— Bonjour, ma belle, articule Hector Amesbury avec une jovialité forcée.

Un garçon d'écurie fait sortir Doucette de sa stalle. À la vue d'Hector, elle baisse la tête d'un air ombrageux. Mais elle la relève, naseaux frémissants, en captant l'odeur de Sir Charles, et avec un hennissement joyeux elle entraîne le palefrenier droit vers lui. Sans un mot, il lui caresse l'encolure, la laisse lui souffler dans le cou. Pour la première fois, ses traits se détendent ; je reconnais le charmant gentleman qui m'enseigne l'équitation.

Je prends l'assistance à témoin.

— Voyez ? Avez-vous jamais vu un cheval ne pas adorer Sir Charles ?

Alors Hector approche à son tour, serrant les dents.

— Allons, ma belle, tu me connais ?

Ce disant, il tente d'attraper la bride, mais Doucette tourne la tête, elle couche les oreilles en arrière et, avec un petit reniflement agacé, elle fait claquer ses dents au ras du bras qui se tend vers elle.

Hector retire le bras vivement. Il regarde la jument, puis son frère, puis Sa Majesté.

Alors, voyant qu'il a perdu la partie, il écarte d'un coup de poing l'homme qui a le malheur de lui barrer le chemin et fonce comme un forcené en direction des portes du palais.

Immédiatement, deux gardes de la reine s'élancent à sa poursuite. L'un le plaque au sol, l'autre l'agrippe par son pourpoint. Il tombe à terre avec une bordée de jurons et, dans un tourbillon de velours écarlate, tout le rembourrage dont il s'était bardé pour se faire une bedaine s'échappe de son pourpoint.

Les gardes le ramènent devant la reine et devant son jumeau consterné. Le regard de glace, les lèvres pincées en ligne droite, Sa Majesté le dévisage longuement. Quand elle vous regarde de la sorte, elle vous ferait rentrer sous terre.

— Mr Amesbury, vous disposez d'une minute pour tout avouer, et vous éviter ainsi un procès pour haute trahison.

Sa voix aussi est de glace.

Hector tombe à genoux, la tête enfouie dans ses mains.

— Majesté, la faute n'est pas mienne. Nul ne saurait m'en vouloir de tenter d'améliorer ma misérable vie, quand ce félon m'a spolié de l'héritage qui me revenait de plein droit. Mon frère Charles clame haut et fort qu'il est l'aîné, mais il n'en est rien ! L'aîné, c'est moi. C'est moi qui aurais dû hériter des biens familiaux et vivre à l'aise, alors que lui, en tant que puîné, aurait dû partir pour la France au secours des huguenots* !

Les écuries n'étant pas le lieu pour discuter de pareilles choses (la moitié des palefreniers allongent déjà le cou pour essayer d'en savoir plus), Sa Majesté ordonne le retour en salle du trône, et notre curieuse procession se remet donc en chemin, Hector dûment encadré par les gardes.

Sir Charles, toujours très galant, offre son bras à la reine, mais elle refuse poliment. Ce que je comprends fort bien, le malheureux ne sentant pas la violette après trois jours au fond d'un trou à rats.

Dans la salle d'audience, Elsie, Masou et moi nous asseyons près du mur, tandis que la reine envoie quérir mon oncle, ainsi qu'un clerc chargé de consigner toutes les déclarations. Mary Shelton et Lady Sarah ont repris leur broderie et se font toutes petites dans un coin, espérant que la reine, ne les remarquant pas, ne s'avisera pas de les renvoyer dehors.

Alors Sir Charles, droit comme un i, commence par raconter la tragique histoire de leur naissance, à son frère et lui, voilà si longtemps que la reine elle-même n'était pas encore de ce monde.

Deux fils étaient nés dans la maison Amesbury, et l'on avait noué un fil rouge au poignet du premier-né. Mais en raison de la froidure de l'hiver, la mère Corbett, sage-femme au service du seigneur, avait allumé un feu dans la chambre de l'accouchée.

— Hélas ! soupire Sir Charles, les langes que la sage-femme avait mis à chauffer au-dessus de l'âtre prirent feu. En un rien de temps, toute la pièce flambait. Mon père se rua à l'intérieur, il sortit ma mère du brasier, et la vieille mère Corbett empoigna les nouveau-nés, chacun sous un bras. Tous les hommes du village firent la chaîne avec des seaux d'eau et finirent par maîtriser le feu, mais une partie de la demeure était pour ainsi dire détruite. Dans la confusion générale, le bracelet que je portais au poignet s'était détaché. Seule la vieille mère Corbett savait que c'était moi l'aîné : elle se rappelait avoir porté le premier-né à son bras droit, et le puîné à son bras gauche.

— Elle ne dessoûlait jamais, la vieille sorcière ! gronde Sir Hector.

— Elle se souvenait fort bien, et n'a jamais varié dans son récit…

— Que le diable t'emporte ! se met à hurler son frère, qui semble bien avoir perdu tout sang-froid. L'aîné, c'est moi, et toi l'imposteur. C'est la vieille mère Corbett elle-même qui me l'a dit, quand j'avais neuf ans. Mais toi, tu l'as toujours nié.

— Je l'ai toujours nié, parce que ce n'est que mensonge, soutient Sir Charles d'un ton égal.

— Et qu'avez-vous donc fait, Mr Amesbury, pour tenter de redresser ce tort ? s'enquiert la reine.

Hector baisse le nez vers le tapis et grimace.

— En France, sur le champ de bataille, j'ai bien failli finir en pièces. J'ai pris ma survie comme un signe : à quoi bon verser mon sang quand l'héritage auquel j'avais droit m'attendait en Angleterre ? J'ai soudoyé mon capitaine de frégate afin qu'il écrive à mon frère que j'étais mort au combat et j'ai rallié l'Angleterre en secret. (Il lève les yeux. Oh ! comme il ressemble à Sir Charles, mais un Sir Charles aux traits déformés par la haine.) L'autre jour, contre un shilling, le page de Sir Charles a bien voulu verser une goutte de laudanum dans le vin de son maître. Il ne me restait qu'à transporter mon frère inconscient dans une charrette venue apporter du foin pour les chevaux. J'avais pris à loyer les masures abandonnées de St Mary Rounceval, c'est là que je l'ai installé. Ensuite, j'ai pris sa place à la cour. Il n'y fallait que des souliers à ma pointure – je chausse plus grand que lui – et rembourrer un peu ses habits, car je n'ai pas son embonpoint. Et nul n'y a vu que du feu. (Il se met à ricaner.) C'en était presque drôle. L'habit fait vraiment le moine, à la cour ! Je me disais qu'en épousant la petite Cavendish je m'assurais une jolie fortune. Seulement, pour cela, il me fallait…

— Occire Sir Gerald ? suggère la reine.

— Tout juste ! Et m'assurer qu'on mettrait le crime sur le dos de Lord Robert. Ainsi, dernier prétendant en lice, j'étais certain d'épouser l'héritière. Par la suite, peu importait qu'on découvrît ma véritable identité. Trop tard. À moi ses richesses !

Il se met à rire plus fort encore, d'un rire quasiment hystérique.

— Et une fois de plus, vous vous êtes tous fait berner ! Je n'ai eu qu'à me rendre dans la chambre de Lord Robert, arracher une aiguillette à l'un de ses pourpoints, puis me hâter jusqu'aux appartements de Sir Gerald. Il était vautré sur son lit, tellement soûl qu'à mon arrivée il n'a pas remué d'un pouce. J'avais pensé l'étrangler, mais cette petite dague traînait sur le coffre, alors j'ai poignardé Sir Gerald dans le dos, en prenant soin de laisser l'aiguillette de Lord Robert sur l'oreiller. J'avais fait d'une pierre deux coups : plus un rival en travers de mon chemin !

— Après quoi, reprend la reine, vous avez regagné le bal et feint de vous réconcilier avec Lord Robert ?

Il hoche la tête, très fier.

— Et tuer un homme sans défense ne vous a fait ni chaud ni froid ? poursuit la reine d'une voix très calme, tranchant comme du verre.

Il hausse les épaules. Alors Sir Charles dit d'un ton las :

— Mais enfin, Hector, comment pouvais-tu espérer le succès d'un plan aussi insensé ?

— Insensé ? Il a presque réussi ! Personne n'aurait découvert le pot aux roses. Qui aurait soupçonné ce brave Charles d'avoir assassiné Sir Gerald ? Et la victime avait tant d'ennemis, à commencer par Lord Robert ! Ensuite, une fois marié à l'héritière Cavendish, j'aurais été bien tranquille. Riche. Comme toi. Les riches, on ne leur cherche pas querelle. Fini de me battre pour gagner ma croûte, fini de risquer ma peau en France…

Il semble avoir complètement oublié qu'il parle devant témoins, et surtout devant la reine. Soudain il se tourne vers moi, pointant un doigt accusateur.

— Oui, j'ai presque réussi, et j'aurais réussi sans cette petite fouineuse qui est allée fourrer le nez dans mes affaires !

Fouineuse ? Grand merci. Mais bah ! l'insulte vient de trop bas, de toute manière.

— Elle a nom Lady Grace, gronde Sir Charles, et je lui sais gré de m'avoir tiré de la geôle où tu m'avais jeté.

— En tout cas, Lord Robert y regardera à deux fois avant de l'épouser ! Une fille qui court les rues la nuit et qui…

D'un seul regard, la reine le fait taire. Puis, après un silence à vous glacer le sang, elle laisse tomber :

— Mr Hector Amesbury, la prison de Fleet vous attend. Vous aurez à répondre du meurtre de Sir Gerald Worthy. Que Lord Robert soit libéré sur-le-champ.

Je feins une quinte de toux – que faire d'autre ? Nul n'est censé interrompre la reine. Elle se tourne vers moi avec un gros soupir.

— Oui, Lady Grace ? Vous avez quelque chose à ajouter ?

Je me lève, priant le ciel pour que mon pauvre jupon ne fasse pas trop triste figure. Il faut que je parle, il faut que je dise ce que je sais. Le véritable meurtrier peut encore frapper à tout moment.

— Euh… Voyez-vous, Majesté, je ne crois pas qu'Hector Amesbury ait réellement tué Sir Gerald, même s'il a cru le faire. Il était tellement impatient d'en finir avec Sir Gerald qu'il ne s'est même pas rendu compte que… le malheureux était déjà mort.

— *Quoi ?!* s'écrie Hector, les yeux exorbités.

— Que nous racontez-vous, Grace ? demande la reine d'un ton de grande patience.

— Je veux dire… Quelqu'un était déjà passé par là, Majesté. Voyez-vous, la nuit du crime, mon oncle, le Dr Cavendish, a noté que la blessure de Sir Gerald n'avait pas saigné. Et il en a déduit, après réflexion, que Sir Gerald devait être déjà mort lorsqu'il a été poignardé.

Mon oncle me lance un regard de gratitude.

— Et ensuite, lorsque je… euh… lorsque je suis allée rendre un dernier hommage à Sir Gerald, dans la chapelle, j'ai remarqué de mon côté un peu de jaune aux coins de ses lèvres, ainsi qu'une odeur bizarre, très amère.

Les traits de la reine se durcissent. Elle a compris. Elle murmure :

— Crève-loup.

— Très exactement, Majesté, marmotte mon oncle, qui semblait une fois de plus aux prises avec une atroce gueule de bois. J'entends demander à la cour une ordonnance d'autopsie. Je soupçonne que nous découvrirons un foie noirci.

À la pensée qu'on va ouvrir le corps de son neveu, Lord Worthy vire au gris. J'en ai de la peine pour lui. Il s'incline vers la reine et lui dit d'une voix étranglée :

— Majesté, tout cela est trop pour moi. Auriez-vous la très grande bonté de m'autoriser à me retirer ?

Elle lève les yeux vers lui, soucieuse.

— Mais naturellement, monseigneur. Souhaitez-vous les services du Dr Cavendish ?

— Non, non, je vous remercie, ce ne sera pas nécessaire. Un peu de repos y suffira, j'en suis certain.

Il sort de la salle et la reine se retourne vers mon oncle.

— Ainsi donc, lorsque Mr Amesbury a poignardé Sir Gerald, il poignardait en fait un cadavre !

Hector se met à pouffer comme un gamin.

— Alors, je ne l'ai pas tué, n'est-ce pas ? Dis-le-leur, Charles ! Dis-le-leur ! Poignarder un cadavre ne vaut pas la pendaison !

Mais Sir Charles ne dit rien et la reine réplique, inflexible :

— C'est une *tentative* de meurtre, qui sera jugée pour telle. De même, vous serez jugé pour enlèvement et séquestration de votre frère, ainsi que pour usurpation d'identité. Et, si le tribunal ne juge pas bon de vous envoyer au gibet, il y a toutes les chances pour que vous passiez le restant de vos jours à Bedlam*, car il me paraît bien clair que vous n'avez pas toute votre tête.

D'un signe, elle le fait emmener. Curieusement, il se laisse faire, branlant du chef et pouffant, de retour dans son monde intérieur.

— Sir Charles, reprend la reine, je suis bien aise de voir que vous semblez n'avoir point trop souffert des brutalités que vous avez subies.

Plus rouge que jamais, Sir Charles s'approche et met un genou en terre.

— Majesté, votre bonté est trop grande, murmure-t-il, le souffle un peu court.

Mais Sa Majesté porte en hâte un mouchoir de dentelle à ses narines, et, d'un geste de la main, elle lui fait signe de se lever et d'aller se reposer – non sans ajouter que, naturellement, il est le bienvenu aussi longtemps qu'il le souhaitera dans les appartements de faveur.

Sir Charles parti, elle redevient grave.

— Ainsi, dit-elle haut et clair, nous avons toujours un assassin en liberté à la cour. Un empoisonneur, pour être précis.

Je fais un pas en avant.

— Oui, Majesté, j'en ai bien peur. Je m'étais dit que, si le bruit courait qu'on soupçonnait un empoisonnement au crève-loup, le coupable aurait tôt fait de se débarrasser de tout vestige de poudre. C'est pourquoi, prenant les devants, j'ai accompagné Elsie dans sa tournée de lingère afin de rechercher avec elle des traces de crève-loup dans toutes les chambres. Hélas ! nous n'avons rien trouvé. Et c'est en inspectant la chambre de Sir Charles que nous avons entendu Hector parler de son frère emprisonné.

— Je vois, dit Sa Majesté, pensive.

D'un signe de tête, elle ordonne à Elsie et Masou de s'approcher.

Ils s'agenouillent devant elle, Elsie aussi blanche que les draps qu'elle lave et repasse. J'en suis un peu surprise : après tout, bien des fois elle a promené dans ses paniers les chemises de la reine. Mais ce n'est pas la même chose, je pense, que de la voir de si près.

Quant à Masou, il est juste un peu blême. Il n'en exécute pas moins une courbette très élaborée, tout en soulevant son bonnet avec grâce. Je m'empresse de préciser :

— Et c'est Masou qui nous a emmenées sur le fleuve, c'est lui qui a escaladé le mur pour passer par la fenêtre.

La reine a un gracieux signe de tête.

— Oh ! mais je te reconnais. Will Somers dit grand bien de toi, quoiqu'il se plaigne que parfois on se demande où tu es passé. Et à présent je sais pourquoi…

Masou prend un petit air contrit et j'ai peine à ne pas rire.

— Ma foi, Elsie et Masou, vous semblez être pour Lady Grace des amis serviables et loyaux, et je vous en sais gré, conclut Sa Majesté. Vous pouvez vous retirer.

Ils filent tous deux bien vite, l'air plutôt soulagé. Au dernier moment, Masou se souvient qu'il doit effectuer à reculons ses tout derniers pas dans la salle. Elsie tente de l'imiter, mais elle se prend les pieds dans son jupon.

Je devine qu'à présent ils vont s'attarder non loin de la porte, dans l'espoir d'en entendre davantage – du moins si nul ne les chasse.

Mais à peine sont-ils sortis que Mrs Twynhoe, pardon, Mrs Bea entre d'un pas résolu.

— Est-ce si urgent, Bea ? s'informe la reine d'un ton sec.

Mrs Bea fait sa révérence, puis elle répond en s'éventant :

— Je crains que oui, Majesté. Lady Grace m'a mise au courant de cette vilaine affaire de crève-loup à la cour, et je dois absolument vous informer de ce que j'ai découvert.

— Ah… En ce cas, vous tombez à pic. Nous sommes tout ouïe.

Mrs Bea s'incline derechef.

— Voici. Je suis allée moi-même faire la tournée des apothicaires de Westminster et de la ville de Londres, Majesté. Je les connais tous et, pour ce qui est du crève-loup, la plupart ne sont prêts à parler qu'à ceux qu'ils connaissent bien. Un seul – une vieille connaissance à Cheapside – avait vendu du crève-loup ces dernières semaines.

La reine se durcit.

— Et savez-vous qui est l'acheteur ?

— Majesté, c'est pour cette raison que je me suis hâtée de venir ici. Croyez-moi, je vous en prie : pour rien au monde je ne voudrais dire ou faire quoi que ce soit qui pût vous blesser, ni vous ou ni votre jeune Grace, pour rien au monde…

— Je le sais, Bea, dit la reine d'une voix presque douce, parce que Mrs Bea paraît toute retournée, qu'elle se tord les mains dans son tablier. Je le sais.

— Oui, mais… c'est une terrible chose, Majesté. Moi-même, j'ai commencé par refuser d'y croire. J'ai d'abord dit à mon informateur qu'il mentait, ce qui l'a mis en courroux…

La reine pianote sur le bras de son fauteuil et Mrs Bea se reprend.

— Il m'a dit que son acheteur était un individu plutôt maigre, enveloppé d'une grande cape. Mais lorsque cet acheteur a sorti sa bourse pour payer, sa cape s'est entrouverte – suffisamment pour que l'apothicaire reconnaisse sa livrée de valet. Et c'était la livrée des serviteurs de Lord Worthy, Majesté, a achevé Mrs Bea, des trémolos dans la voix.

Silence. Silence abasourdi. Puis la reine proteste :

— Impossible. D'ailleurs, Lady Grace et cette gentille Elsie ont inspecté tous les appartements de la cour à la recherche de crève-loup. Y compris la chambre de Lord Worthy. Et elles n'en ont pas trouvé trace.

Je m'écrie à mon tour :

— C'est vrai, Mrs Bea. Il n'y avait de poudre jaune nulle part…

Mon oncle Cavendish sursaute.

— Mais, Grace ! La poudre du crève-loup… Elle n'est pas jaune, mais verte !

Verte ? J'en suis sans voix.

Mrs Bea confirme d'un vigoureux hochement de tête.

— Oui, chère petite. À l'état sec, la poudre du crève-loup est vert sombre. C'est mélangée au vin qu'elle vire au jaune. Elle laisse alors des taches bien jaunes, si tenaces que même de l'urine de dix jours ne suffit à les faire disparaître.

De la poudre vert sombre ? Nous en avons trouvé un peu, Elsie et moi, dans la chambre de Lord Worthy. Et j'ai repéré une tache verte sur l'une de ses manchettes de chemise…

Le cœur tambourinant, j'en informe la reine en trois mots.

Elle se change en statue, les traits durs comme le marbre. Puis elle lance :

— Mr Hatton !

L'un de ses hommes passe la tête à la porte. Du coin de l'œil, je vois Elsie disparaître comme une souris dans la direction inverse, sans doute de crainte de se faire envoyer au diable et de manquer le meilleur. Assurément, Masou n'est pas loin non plus.

— Mr Hatton, veuillez aller chercher Lord Worthy. Dites-lui qu'il est attendu en salle du trône immédiatement !

Mr Hatton repart au pas de charge. Et nous attendons aussi, toujours debout, un peu sonnés, Mrs Bea, mon oncle Cavendish et moi. J'ai les mains crispées et les pensées en fièvre. Tout semble tomber en place, mais… Mais où est le motif ? Pourquoi diantre Lord Worthy aurait-il été empoisonner Sir Gerald, son propre neveu ? Cela ne tient pas debout.

Enfin Mr Hatton réapparaît et annonce :

— Lord Worthy.

Mon tuteur entre, l'air très las, les traits tirés.

— Monseigneur, lui dit la reine d'un ton solennel, je tiens de source sûre que l'un de vos valets a fait l'acquisition de poudre de crève-loup il y a peu. Et des traces de cette poudre ont été aperçues dans votre chambre.

Lord Worthy blêmit plus encore et cligne des paupières. Il cherche ses mots. Enfin il coasse :

— Plaît-il, Votre Altesse ?

— Du crève-loup, monseigneur ! Le niez-vous ?

— Assurément, je le nie, Votre Altesse. Cela passe la raison ! Comment peut-on proférer pareils mensonges ? Moi, Lord Worthy, m'abaisser à user d'une substance aussi vile ? Quelle infâmie... quelle...

Il en bégaie.

Je respire un grand coup et dis :

— Majesté, puis-je poser une question à Sa Seigneurie ?

Elle acquiesce gravement. Mais Lord Worthy s'emporte.

— Quoi ? Comment ? Et que faites-vous ici, Lady Grace ? Cette affaire n'est point pour une pe...

— Il se trouve qu'elle en fait *son* affaire, monseigneur, coupe la reine. Et moi aussi.

Alors je me lance :

— Votre Seigneurie, il me semble avoir remarqué une tache verte sur votre manchette gauche. Pourriez-vous nous montrer vos poignets, je vous prie ?

Hautain, il lève les deux bras en même temps.

— À votre guise, jeune lady. Voyez ? Votre imagination vous a trompée.

Ventrebleu ! voilà qu'il a changé de chemise. La preuve a disparu au lavage.

À cet instant, une main frappe timidement à la porte.

— Ce n'est pas le moment ! aboie la reine.

Mais Elsie se glisse dans la salle, toute petite, avec force révérences et hochant la tête comme un pigeon.

— Euh… Tout à l'heure, sans le vouloir, j'ai entendu… Et je me suis dit… Je me suis dit qu'il valait mieux que j'avoue, parce que… Voilà, ces derniers temps, j'ai eu tant à faire par ailleurs, si j'ose dire, que… sauf votre respect, Votre Altesse, j'ai pris un peu de retard dans mes lessives de linge fin, si bien…

Tout en parlant, elle déploie la pièce de linge à son bras, une chemise d'homme sale et froissée.

Mon cœur ne fait qu'un bond.

— Serait-ce… serait-ce la chemise dont je parlais, Elsie ? Celle de Sa Seigneurie Lord Worthy ?

Elle fait oui de la tête, avec une profonde révérencc.

— C'est une insulte au bon sens ! éclate Lord Worthy. Voilà qui est un peu fort ! Vais-je me faire accuser sur les dires d'une petite lingère et d'une demoiselle pas même en âge d…

— Silence, je vous prie, tranche la reine d'un ton très calme et très inquiétant.

L'air est à couper au couteau. Même les canaris de Sa Majesté se sont tus.

Toujours saluant, comme pour s'excuser, Elsie s'approche et, surmontant sa timidité, elle lève bien haut les manches de la chemise, afin que chacun puisse les voir.

La manchette gauche porte une tache vert sombre, bien visible.

— Qu'avez-vous à dire, monseigneur ? dit la reine.

— Ça ? se récrie Lord Worthy. Les épinards du dîner d'hier…

Mais Mrs Bea fait non de la tête.

— Je mettrais ma main au feu que ceci n'est pas une tache d'épinards, Majesté.

D'un pas décidé, elle gagne le dressoir, elle y saisit la cruche à vin et, prenant la chemise des mains d'Elsie, elle verse sur la manchette une petite goutte de son contenu.

Le rouge du vin se répand sur la tache verte… et, à vue d'œil, la tache s'auréole de jaune soufre.

— C'est du crève-loup, Majesté, déclare Mrs Bea d'un ton ferme.

Lord Worthy explose :

— Vais-je me faire accuser par une sorcière, à présent ? Où est votre justice réputée, Majesté ?

Mais mon oncle Cavendish se penche à son tour sur la tache.

— Crève-loup. Sans doute possible.

Alors la reine se lève.

— Prenez garde, Lord Worthy, prévient-elle d'une voix clair. À ce jour, vous m'avez servie loyalement et je vous comptais parmi mes amis. (Sa voix prend de la force.) Ou bien vous cessez de me mentir – céans ! – et me dites avec précision, en toute honnêteté, ce qui s'est réellement passé. Ou bien je vous envoie à la Tour, par le Dieu vivant, et je vous fais interroger par Mr Rackmaster Norton*. M'entendez-vous, monseigneur ? Alors ? Cette tache… Ce sont des épinards ?

Palsembleu ! s'il n'entend pas, c'est qu'il est sourd. La reine a presque crié. Je ne l'avais jamais vue aussi hors d'elle.

Au seul nom de Rackmaster Norton, toute l'assistance a serré les dents.

Un instant encore, Lord Worthy regarde Sa Majesté fixement. Puis, d'un seul coup, il paraît se déliter de l'intérieur. Raide et tremblant, il tombe à genoux, inclinant la tête. Sur fond de silence il murmure :

— *C'est* du crève-loup.

J'en ai le souffle coupé. Se peut-il… ? A-t-il vraiment… ?

La voix de la reine sonne dans ma tête :

— Pour votre neveu, Lord Worthy ? Votre propre neveu ?

— Non ! s'effare Lord Worthy. Ce n'était pas pour lui. Jamais je n'aurais…

Il se tait un instant, puis reprend d'un ton monocorde :

— C'est Lord Robert qui devait… qui devait boire le poison… et Sir Charles, endosser le crime.

Nul ne dit plus mot, pas même Sa Majesté. Lord Worthy reprend souffle et poursuit :

— Il était clair que Lady Grace penchait pour Lord Robert, et qu'elle estimait beaucoup Sir Charles, aussi. Cependant, pour moi, il fallait qu'elle épouse mon neveu. Je ne pouvais en aucun cas la laisser en élire un autre. Aussi ai-je versé le poison dans le verre de Lord Robert, le soir du bal. Je comptais placer le restant de poudre parmi les effets de Sir Charles. Tout se serait déroulé au mieux… (Il s'est pris la tête à deux mains.) Tout allait bien, mais il a fallu que Gerald se ridiculise devant la cour. Et là-dessus, Majesté, vous lui avez ordonné de boire à la coupe de Lord Robert. À ma grande horreur, bien sûr, mais pouvais-je lui suggérer de contrevenir aux ordres de Votre Grâce ?

Une fois de plus, il se tait, mais c'est pour éclater d'un rire horrible, un rire de vaincu.

— Imaginez quel choc fut pour moi, Majesté, la nouvelle que Gerald avait été poignardé, non pas empoisonné, et que, pour couronner le tout, Lord Robert était l'assassin ! (Son regard se pose sur moi, un regard de feu.) Bien entendu, puisqu'on avait conclu à un meurtre par arme blanche, et non par empoisonnement, j'ai renoncé à dissimuler dans les appartements de Sir Charles le poison restant…

Atterrée devant ce gâchis, je détourne les yeux.

Comme il semble en avoir terminé, la reine l'interroge :

— Mais dites-moi, Lord Worthy, pourquoi donc fallait-il absolument que Lady Grace épouse votre neveu et nul autre ?

Sa voix se casse :

— C'était pour que nul ne découvre…

— Ne découvre quoi ?

Au ton de la reine, je sens qu'elle sait d'avance ce qui va suivre. Moi, je n'ai rien deviné, et la réponse me fait l'effet d'un coup de massue.

— Ne découvre… que Lady Grace n'avait plus ni biens ni fortune.

Un coup de poignard en plein cœur, voilà l'effet que me font ces paroles. Ruinée par Lord Worthy, mon tuteur ? Un homme censé vouloir mon bonheur ?

— Expliquez-vous ! cingle la reine.

— L'an passé, Majesté, lorsque m'a été confiée la charge de tuteur de Lady Grace, il se trouve que j'avais des dettes. J'ai profité de l'occasion : il me suffisait d'hypothéquer les biens de ma pupille. Ce n'était que provisoire, je comptais que mes affaires allaient s'arranger. Mais ma situation financière a empiré. En l'espace de quelques mois, mes créanciers ont saisi tous les biens de Lady Grace. Aujourd'hui, il n'en reste rien…

C'est donc bien vrai. Mais déjà il enchaîne :

— Voilà pourquoi il m'était impensable de laisser Lord Robert ou Sir Charles épouser la jeune Lady Cavendish et tout découvrir après le mariage. Seul Gerald me paraissait suffisamment digne de confiance pour ne point me déshonorer.

Il baisse la tête et ne dit plus rien. Moi, je suis prise de nausée. Non content de s'approprier l'héritage que mes parents m'ont laissé, cet homme en qui j'avais confiance n'a pas hésité à se faire meurtrier, afin de me marier à son neveu et de la sorte étouffer l'affaire. J'en suis complètement assommée. Et je ne suis pas la seule. Mary et Lady Sarah, les yeux rivés sur moi, sont changées en statues. Mary écrase une larme.

Et soudain tout se met à tournoyer autour de moi… Mrs Bea me rattrape par un bras, elle me fait asseoir. Je me laisse tomber sur un coussin, elle me renverse la tête en arrière. Mon estomac semble se calmer. Suis-je vraiment tombée en pâmoison, à la manière de Lady Sarah ? Fi donc ! J'avale une gorgée du vin que m'offre Mrs Bea.

— Majesté, veuillez me comprendre, geint Lord Worthy. Je ne pouvais… Je n'avais d'autre choix…

— D'autre choix que d'empoisonner Lord Robert pour tenter de cacher votre infâmie à Lady Grace ?

— Je ne…

— Vous aviez le choix, monseigneur. La première fois que vous vous êtes trouvé dans l'embarras, vous auriez pu vous en confesser à moi et je vous aurais porté secours. L'argent dont vous aviez besoin, vous l'auriez obtenu au grand jour, en toute honnêteté. Croyez-vous donc que la cour n'a pas connu assez de meurtres ?

— Je vous en supplie, Majesté…

— Mr Hatton, veuillez convoquer la Garde. Lord Worthy est sous arrestation, accusé de meurtre, corruption, mensonge, mise en danger de la vie de sa souveraine. Qu'il soit envoyé à la Tour.

Sitôt dit, sitôt fait. Ces messieurs de la Garde emmènent Lord Worthy, hagard.

Et moi, assise sur mon coussin, j'attends que ma tête daigne arrêter de tourner quand soudain, malgré moi, je me mets à pleurer.

Aussitôt Elsie accourt, elle referme les bras sur moi. Mary Shelton vient à moi aussi, et sans mot dire elle me tend un petit mouchoir propre.

C'est alors qu'une pensée affreuse me traverse l'esprit, et une fois de plus je crois défaillir.

— Majesté, dis-je, me retenant de sangloter, à présent que je suis ruinée, vais-je devoir vous quitter ?

Alors la reine s'approche à grands froufrous de damas et elle m'attire contre elle, écrasant ma joue contre un joyau de sa basquine.

— Mais bien sûr que non, Grace. Vous êtes ma filleule bien-aimée, en plus de ma demoiselle d'honneur. Vous resterez à la cour aussi longtemps qu'il vous plaira.

— D'ailleurs, à présent, vous allez pouvoir épouser Lord Robert, ajoute Mrs Bea d'un ton de réconfort.

Comme si je voulais de lui encore !

— Merci bien ! Seule ma fortune l'intéressait. Et de surcroît, c'est un benêt.

La reine sourit.

— Je crains bien d'approuver, dit-elle.

Et ces mots me font si chaud au cœur que je l'embrasse sur la joue.

— Donc, je ne suis pas obligée de me marier ?

— Non, Grace, pas tout de suite. Même si, bien sûr, plus tard, il se peut que vous souhaitiez…

Profitant de la confusion générale, Masou s'est glissé dans la salle, et il ne peut se retenir d'ajouter :

— En tout cas, au moins, maintenant, si quelqu'un vous demande en mariage, milady, ce sera parce qu'il vous aime et pas pour votre héritage ! Finalement, c'est peut-être beaucoup mieux que vous soyez ruinée.

— Ce n'est pas faux, dit la reine. Bien parlé, Masou.

Elle nous sourit, à tous trois, et c'est bien vrai, ce que l'on dit d'elle : le sourire de la reine est magique. Il réchauffe et rassure à la fois.

Elle prend ma main entre les siennes.

— Lady Grace, je vous remercie pour tout ce que vous avez fait, ces derniers jours. Vous n'êtes encore que demoiselle d'honneur, et bien jeunette. Pourtant, avec l'aide de vos bons amis ici présents, vous avez sauvé la vie de Sir Charles, mis au jour la fourberie de son frère et confondu le meurtrier de Sir Gerald. Bien des hommes à mon service en ont accompli nettement moins, et en affrontant moins d'obstacles. Soyez sans crainte, jeune lady. Je vous verserai une bonne pension, et vous trouverai un tuteur plus digne.

C'est plus fort que moi, je réponds :

— Et je pourrai vous aider à résoudre d'autres mystères à la cour, s'il s'en trouve…

Elle rit de bon cœur et me glisse très bas :

— Je vous nomme première poursuivante d'armes*. Les mauvais larrons n'auront qu'à bien se tenir !

Quel honneur ! Un poursuivant d'armes est chargé, pour le compte de la Couronne, de poursuivre tous les malfaiteurs imaginables, particulièrement les espions et les assassins notoires. J'espère que la reine ne plaisante pas.

— Mais attention, Lady Grace, rectifie Sa Majesté avec un petit froncement de sourcils. J'exige d'une demoiselle d'honneur qu'elle se comporte suivant son rang. Plus d'escapades nocturnes sur le fleuve… sauf *absolue* nécessité.

Je prends ma voix la plus sage :

— Naturellement, Majesté.

Alors elle sourit derechef, me presse la main entre les siennes et me renvoie dans ma chambre, tandis que Mrs Bea me prépare un lait caillé bien chaud pour m'aider à dormir.

Et voilà toute l'histoire.

Ce lait caillé, je ne l'ai pas encore bu, il sera froid mais tant pis. C'est Mary Shelton qui me l'a apporté, avec deux ou trois de ses délicieux biscuits aux amandes. Je ne m'étais pas rendu compte combien Mary est gentille, au fond. Même Lady Sarah, tout à coup, me paraît moins exaspérante. Ça me fait drôle de me retrouver ruinée, mais j…

*

J'ai dû m'interrompre en catastrophe : Sir Charles et le Dr Cavendish sont venus me rendre une petite visite…

Sir Charles semblait plus dispos – et il sentait meilleur, aussi. Tout propre, rasé de frais, son œil au beurre noir barbouillé d'onguent.

— Lady Grace, est-ce vrai, ce que l'on me dit ? Lord Worthy vous aurait dérobé tous vos biens ?

J'ai hoché la tête d'un petit air misérable.

— Mais la reine va m'aider. Elle m'a dit que jamais elle ne me renverrait.

— Chère petite Lady Greensleeves, savez-vous qu'en cas de meurtre tous les biens du meurtrier reviennent au plus proche parent de la victime ?

Oui, j'avais entendu parler de cette loi. Mais en quoi me concernait-elle ?

— Eh bien, a poursuivi Sir Charles, il se trouve que je suis l'héritier de Sir Gerald. Son père était le cousin de ma mère. Ce qui signifie que je vais hériter des biens de Lord Gerald Worthy.

Je regardais droit devant moi. J'étais trop fatiguée pour suivre.

— Vous ? Héritier de Sir Gerald ?

— Oui, moi. Or le neveu de votre ancien tuteur, j'en suis sûr, était plus riche que vous ne l'avez jamais été – il possédait des terres et de la pierre bâtie, même s'il gérait fort mal ses affaires. De mon côté, je sais gérer, et je suis déjà assez fortuné pour subvenir à mes propres besoins. (Il a respiré un grand coup.) Demain, je vais consulter mon homme de loi et, dès que tous les papiers seront signés, je vous léguerai ce qui me reviendra, afin de vous dédommager de ce que Lord Worthy vous a dérobé.

— Oh !

Il a confirmé d'un hochement de tête.

— Mais pourquoi ?

Il a eu un bon sourire.

— Chère petite, je sais fort bien que vous ne m'aimez point et ne m'aimerez jamais comme une femme aime un homme. Cependant, au nom de la justice, vous m'avez sauvé la vie. Comment pourrais-je faire autrement qu'au moins vous dédommager ?

J'ai peine à y croire, et pourtant c'est vrai. Voilà une fin heureuse à une histoire bien triste. Sir Charles Amesbury me fait don des biens ayant apparu à Lord Worthy, et il parle même de racheter ce qu'il pourra des terres léguées par mes parents. Il m'a promis aussi de demander à la reine qu'elle le nomme mon tuteur, afin qu'il veille lui-même sur mes biens. Moi qui, ce matin, me retrouvais sans le sou, me voilà ce midi de nouveau riche comme Crésus.

Bon, peut-être qu'un jour, je me marierai quand même, allons. Mais ce sera un mariage d'amour. Ma mère me répétait toujours qu'elle avait aimé mon père et qu'elle avait été heureuse avec lui, même si leur bonheur avait été bref.

Pour l'heure ? Je reste Lady Grace Cavendish, demoiselle d'honneur de Sa Majesté – et sa première poursuivante d'armes ! Ma mère serait fière de moi, je le sais. Et rien ne saurait me faire davantage plaisir !

Glossaire

Aiguillette : embout métallique d'un lacet ou d'un galon, facilitant le passage de celui-ci dans un trou.

Apothicaire : pharmacien (au Moyen Âge et à la Renaissance).

Appartements de faveur : au palais royal, logements offerts gracieusement par la reine Élisabeth Ire à certains de ses courtisans.

Basquine : corsage sans manches et décolleté, qui se portait par-dessus le corset – lequel ne s'appelait pas encore « corset » mais « corps piqué » ou même « corps » tout court. (Le terme *basquine* prête un peu à confusion, car il a également désigné le corset lui-même, ainsi que, plus tard, une jupe très ornée, d'origine espagnole.)

Beagle : race de chiens (groupe des chiens courants) assez proches des bassets. Les favoris de la reine Élisabeth Ire étaient des beagles nains.

Bedlam : principal asile de fous de la ville de Londres à l'époque de la reine Élisabeth Ire.

Bézoard : formation dure comme de la pierre qui apparaît dans l'estomac de certains ruminants – telle la chèvre –, considérée autrefois (à tort) comme un remède contre les empoisonnements.

Brocart : tissu de soie richement orné de fils d'or et d'argent.

Burgermeister : danse d'origine allemande en faveur à la Renaissance.

Busc : lame de baleine servant à tenir droit le devant d'un corset ou d'un corsage de dame, de manière à bien lui mouler la taille.

Candélabre : grand chandelier à plusieurs branches.

Céans : ici.

Chaise percée : siège percé d'un trou, sous lequel est placé un pot de chambre destiné aux besoins naturels.

Chambellan (de la Maison du souverain) : personnage chargé, à la cour, de la sécurité et des fêtes.

Chambre à parer : pièce des appartements royaux où sont rangés les vêtements et servant à l'habillement ainsi qu'au bain et à tous les préparatifs de parure.

Cinabre : sulfure de mercure de couleur rouge, utilisé comme colorant dès l'époque romaine, notamment pour teinter les lèvres et les joues.

Compost (tas de) : entassement de matières organiques (débris de taille, fleurs fanées, etc.) mises à pourrir naturellement de manière à se transformer en engrais. Ici, manifestement, il n'y est pas ajouté de fumier.

Conseil de la Bure Verte : corps de magistrats de la cour. Ce conseil était chargé de l'enquête pour tout décès ayant eu lieu à moins d'un mile (environ 1 600 m) du souverain ou de la souveraine en personne.

Courtepointe : couverture de lit, ouatée et piquée, ancêtre de notre couvre-pied.

Damas : étoffe tissée de telle sorte que les motifs brillants sur fond mat à l'endroit se retrouvent mats sur fond brillant à l'envers.

Dame de compagnie : l'une des dames, d'ordinaire issues de la noblesse, qui aidaient à servir la reine et surtout à lui tenir compagnie.

Déjeuner : premier repas de la journée (notre « petit déjeuner »).

Dîner : repas de la mi-journée.

Djinn : dans la tradition musulmane, esprit ou démon, malfaisant ou malicieux. On dit aussi « génie », lequel peut également être bon ou mauvais.

Douairière : veuve qui jouissait de droits sur les biens de son mari.

Édile : magistrat municipal d'une ville importante.

Engeance : autrefois, race, semence ; aujourd'hui, désigne plutôt une catégorique de personnes (à la rigueur d'animaux), dans un sens péjoratif.

Ferret : bout métallique terminant les aiguillettes de lacet.

Gentleman : gentilhomme. (Pluriel : **gentlemen**.)
Greensleeves : ballade anglaise très connue, datant probablement du règne de Henri VIII (début du XVIe siècle).
Guise (maison de) : lignée de ducs français, branche cadette des ducs de Lorraine. À l'époque du récit, Henri Ier de Lorraine, troisième duc de Guise, était – en France – un farouche adversaire des protestants.
Haridelle : mauvais cheval, maigre et mal bâti.
Haut-de-chausses : partie de l'habillement masculin qui couvrait le corps de la ceinture aux genoux.
Hostel : demeure, maison de ville (aujourd'hui encore, on dit « hôtel particulier »).
Huguenots : autre nom des protestants français à l'époque.
Humeur : dans la médecine ancienne, toute partie liquide de l'organisme (sang, sécrétions, excrétions, etc.).
Jardin de Paris : parc d'agrément londonien à l'époque élisabéthaine, sur les bords de la Tamise, où se produisaient jongleurs et comédiens.
Laudanum : teinture alcoolique d'opium, favorisant fortement le sommeil.
Lice : champ clos où avaient lieu les tournois.
Madrigal : composition vocale à plusieurs voix très appréciée à l'époque élisabéthaine.
Mal vert : on nommait ainsi l'anémie.
Marri(e) : ici, désolé(e), contrit(e) ; plus fort : affligé(e).
Menthe pouliot : plante médicinale (variété de menthe très forte).

Oreille-d'âne : nom populaire d'une plante médicinale, la consoude, également nommée « langue de vache » et « herbe à la coupure », qu'on appliquait jadis sur les blessures et les plaies.

Panais : plante potagère de la famille des ombellifères, autrefois très appréciée en légume.

Panicaut : variété de chardon dont on consommait jadis la racine, soit en potage, soit confite au vinaigre à la façon des cornichons.

Panier : sorte d'armature baleinée qui se portait sous les jupons et jupes afin de leur donner un aspect bouffant. (Voir aussi « vertugadin ».)

Partelet : partie de l'habillement féminin de l'époque, toujours richement brodée, qui recouvrait seulement les épaules et le haut du buste.

Potron-minet : petit matin, point du jour ; aujourd'hui réservé à l'humour, dans l'expression « dès potron-minet ».

Pourpoint : partie du costume masculin qui, à l'époque élisabéthaine, couvrait le torse jusqu'au-dessous de la ceinture.

Poursuivant d'armes : gentilhomme qui aspirait à la charge de héraut d'armes et secondait celui-ci. (Le héraut d'armes était un important officier des cours princières.)

Primero : jeu de cartes d'origine italienne, très en faveur dans toute l'Europe à l'époque de la Renaissance.

Provende : nourriture, vivres.

Quérir : chercher.

Rackmaster Norton : personnage historique authentique ; grand nom de la police royale de l'époque, célèbre pour ses interrogatoires à la Tour de Londres, usant de la torture à l'occasion.

Roturier (-ère) : personne qui n'est pas noble et n'a pas été anoblie.

Scrupule : ancienne mesure de poids (un vingt-quatrième de l'once, laquelle valait, en gros, vingt-huit grammes).

Socques : sortes de sabots de bois (ou de cuir et de bois) qui se portaient par-dessus les souliers fins afin de les protéger.

Souper : repas du soir, pris très tôt (à ne pas confondre avec le « dîner », qui est pris vers la mi-journée).

Tanaisie : plante médicinale à fleurs jaunes.

Tour (la) : ici, la Tour de Londres, bien entendu, prison royale de sinistre réputation.

Venaison : chair de grand gibier (cerf, sanglier, chevreuil, etc.).

Vêprée : fin de journée, soirée (à rapprocher des *vêpres*, office du soir).

Vérole (petite) : variole, maladie courante à l'époque, généralement par épidémies.

Vertugade : bourrelet de tissu destiné à faire bouffer la jupe au niveau des hanches ; parfois aussi, la jupe bouffante elle-même.

Virginal : instrument de musique à clavier et cordes pincées, très proche de l'épinette, en faveur dans l'Angleterre élisabéthaine. Plus petit qu'un clavecin, il était réservé aux demoiselles, d'où son nom.

Volte : ancienne danse originaire d'Italie, dans laquelle le cavalier fait tourner plusieurs fois sa partenaire sur elle-même, et termine en l'aidant à faire un bond en l'air.

Yeoman (de la garde) : garde des souverains britanniques (appartenant à un corps créé par Henri VII en 1485).

Note de l'auteur

Le « crève-loup » est un poison imaginaire, inventé pour ce récit. Cela dit, il ne manque pas de vrais poisons très similaires, extraits de plantes fort courantes dans les bois, les champs, les jardins. À la Renaissance (tout comme au Moyen Âge, la longue période précédente), les plantes sauvages jouaient un rôle capital dans la vie quotidienne, et nos ancêtres d'alors avaient une connaissance des plantes toxiques et de leurs effets infiniment supérieure à la nôtre.

La réalité derrière la fiction

En l'an 1485, le grand-père d'Élisabeth Ire, Henri Tudor, remporta contre Richard III la bataille de Bosworth Field et fut couronné roi d'Angleterre sous le nom de Henri VII.

Henri VII eut deux fils, Arthur et Henri. Arthur mourut enfant, de sorte qu'à la mort de Henri VII, en 1509, c'est le cadet, Henri – le père d'Élisabeth – qui accéda au trône, et l'Angleterre eut ainsi son huitième roi nommé Henri : le fameux Henri VIII qui se maria six fois.

Sa toute première épouse, Catherine d'Aragon, donna à Henri VIII une fille – Marie Tudor, élevée dans la religion catholique – mais pas de fils qui survécût jusqu'à l'âge adulte. Pour Henri VIII, c'était inacceptable, car il lui fallait un héritier de sexe masculin. À l'époque, on n'aimait guère l'idée de confier à une femme la couronne d'Angleterre.

Henri voulut divorcer de Catherine d'Aragon afin d'épouser sa maîtresse, Anne Boleyn, qui attendait un enfant de lui. Et comme le pape, chef de l'Église catholique, refusait d'annuler ce mariage avec Catherine, Henri VIII rompit avec l'Église catholique et fonda l'Église anglicane, d'inspiration protestante.

Sa seconde épouse – Anne Boleyn, donc – donna à Henri une deuxième fille, Élisabeth, laquelle fut élevée dans la religion protestante (anglicane) fondée par son père. Mais lorsque Anne perdit en couches un garçon, né prématurément, Henri décida qu'il lui fallait une nouvelle épouse. Il accusa Anne d'infidélité et la fit exécuter.

Sa troisième épouse, Jeanne Seymour, donna à Henri un fils prénommé Édouard et mourut des suites de ses couches quelques jours plut tard.

De sa quatrième épouse, Anne de Clèves, Henri VIII n'eut pas d'enfant. C'était un mariage diplomatique, elle ne lui plaisait guère ; elle accepta le divorce (et l'on peut la comprendre).

Sa cinquième épouse, Catherine Howard, n'eut pas d'enfant non plus. De même que Anne Boleyn, elle fut accusée d'infidélité et exécutée.

Sa sixième épouse, Catherine Parr, n'eut pas davantage d'enfant. Elle parvint cependant à survivre à Henri VIII, quoique de fort peu.

Henri VIII n'est pas le roi le plus populaire de l'histoire de l'Angleterre…

Henri VIII mourut en 1547 et, selon les règles alors en vigueur, le trône revint à son fils Édouard, alors âgé de dix ans, lequel devint Édouard VI. Fervent protestant (anglican), Édouard VI ne régna guère : il mourut en 1553.

Alors lui succéda la fille de Catherine d'Aragon, Marie Tudor, qui devint Marie Ire, connue également sous le nom de Marie la Sanglante. Farouchement catholique, mariée à Philippe II d'Espagne pour raisons diplomatiques, elle mourut cinq ans plus tard, à l'âge de quarante-deux ans. Dans l'intervalle, elle avait tenté de rétablir en Angleterre la religion catholique (celle de sa mère) et fait périr au bûcher plusieurs centaines de protestants qualifiés d'hérétiques.

Avant de mourir, en novembre 1558, Marie Ire avait désigné, pour lui succéder, sa jeune demi-sœur Élisabeth, alors âgée de vingt-cinq ans. Élisabeth Ire régna jusqu'à sa mort en 1603.

Intelligente et très cultivée (la passion des livres et de l'étude l'avait sauvée d'une enfance douloureuse), Élisabeth joua fort longtemps le « jeu du mariage », lequel consistait pour elle à s'entourer d'hommes influents qui tous espéraient l'épouser un jour. À une certaine époque, elle parut sur le point de dire oui à son favori, Robert Dudley, comte de Leicester. Mais pour finir elle n'en fit rien, et il n'est pas interdit de penser qu'elle n'eut jamais très sérieusement l'intention de se marier. De fait, avec un père comme le sien, on peut comprendre qu'elle ait eu des doutes...

Elle n'en fut pas moins une femme brillante et exceptionnelle. C'est au cours de son règne que l'Angleterre commença à devenir une puissance mondiale. Sir Francis Drake sillonna les mers – non sans piller quelque peu, au passage, les colonies de l'Espagne en Amérique du Sud. Et l'un des courtisans favoris d'Élisabeth, Sir Walter Raleigh, tenta d'implanter en Amérique du Nord la première colonie anglaise – sur le site de Roanoke, en 1585. Ce fut un échec, mais l'idée devait triompher plus tard.

En 1588, le roi espagnol Philippe II voulut conquérir l'Angleterre. Il envoya sur les côtes anglaises une immense flotte de cent cinquante navires – la fameuse « Invicible Armada », mais l'amiral Drake lui infligea une cuisante défaite, et plus de la moitié des navires ennemis ne revirent jamais les côtes espagnoles. Bien d'autres grands noms honorent l'époque élisabéthaine – tel William Skakespeare, pour ne citer que lui.

Le présent récit (entièrement fictif) mettant en scène la jeune Lady Grace Cavendish est situé en 1569, époque à laquelle Élisabeth Ire, âgée de trente-six ans, jouait encore avec ardeur à ce « jeu du mariage ». À sa cour, les dames de compagnie et demoiselles d'honneur n'étaient pas des servantes, mais plutôt des compagnes et amies, issues de la haute société. Toutes n'étaient pas des « ladies » – seulement celles dont les maris ou les pères portaient un titre de noblesse. Nombre d'entre elles étaient de très jeunes filles, envoyées à la cour dans l'espoir d'y trouver quelque beau parti.

Bien qu'entièrement imaginaire, ce récit fait mention de divers personnages ayant réellement existé : la reine Élisabeth Ire, bien évidemment, mais également Mrs Champernowne et Mary Shelton. Il ne semble pas y avoir jamais eu de Lady Grace Cavendish (pour autant que nous sachions), mais il ne manquait pas, à la cour, d'adolescentes lui ressemblant un peu. La vraie Mary Shelton, par exemple, commit un jour l'erreur de rire de la reine, et reçut en châtiment un soufflet de la main royale !

Il semble cependant que, la plupart du temps, la reine se soit montrée clémente, voire protectrice à l'égard de ses demoiselles d'honneur. Elle était cependant très stricte sur le chapitre des « petits amis » – observant à ce propos la règle générale en vigueur à l'époque : interdiction absolue d'en avoir. Pas de petits amis, point barre. Vous épousiez – plutôt jeune – le fiancé choisi par vos parents, et vous ne discutiez pas. Comme on s'en doute, les jeunes filles voyaient les choses d'un tout autre œil.

Sur la fin de son règne, la reine Élisabeth disposa d'un véritable service secret, dirigé par un espion de premier rang, Sir Francis Walsingham. Ses hommes étaient nommés *pursuivants*, autrement dit, ils avaient le grade et jouaient le rôle de « poursuivants d'armes » (voir glossaire). Tout laisse à penser qu'elle avait aussi ses propres sources d'information privées, et le fait est que, clairement, elle était fort bien informée – y compris lorsque ses conseillers cherchaient à lui cacher des choses. Qui sait ? Peut-être, en quête de sources sûres, engagea-t-elle même une jeune Lady Grace Cavendish, après tout !

*

Un dernier mot sur le coût de l'habillement… À l'époque élisabéthaine, se vêtir coûtait incroyablement cher. Même les vêtements les plus ordinaires atteignaient des prix que nous n'imaginons pas. La main-d'œuvre avait beau revenir infiniment moins cher qu'aujourd'hui, le nombre d'heures de travail que représentait la plus modeste pièce d'habillement est à donner le vertige. Pour en avoir une idée, il faut songer que rien n'était industrialisé, et reconstituer tout le labeur nécessaire de la graine de chanvre ou de lin, par exemple, jusqu'à la plus humble chemise : semis, culture, récolte, rouissage, teillage, filage, teinture, tissage, couture à la main point à point. Le même parcours est à reconstituer pour les lainages, et ne parlons pas de la soie… Pour les habits portés à la cour, richement ornés et travaillés, confectionnés à partir de tissus somptueux, le coût égalait et souvent dépassait celui d'une voiture de sport aujourd'hui – et pas d'une voiture de série, mais d'un modèle personnalisé, aménagé sur mesure à la demande du client.

En conséquence, les plus pauvres gens n'avaient généralement qu'une seule tenue, le plus souvent fort élimée parce que déjà longuement portée par d'autres. (Les vêtements faisaient alors une plus longue carrière que nos tenues d'aujourd'hui, faites pour être changées chaque saison au gré de la mode.) Les gens ordinaires, de leur côté, n'avaient qu'une unique tenue aussi, sauf exception, quoique parfois acquise neuve. Seuls les plus riches s'offraient le luxe d'en posséder deux ou trois. Quant aux grands de ce monde, ils faisaient étalage de leurs richesses en possédant dix, vingt tenues, de préférence hautement élaborées, voire extravagantes. Là encore, le parallèle avec l'automobile aujourd'hui est assez parlant.

On connaît l'anecdote selon laquelle Sir Walter Raleigh aurait étalé son manteau sur une flaque de boue afin de permettre à la reine Élisabeth Ire de passer à pied sec. De nos jours, ce serait un peu comme de couler une Rolls Royce dans un ruisseau afin d'y ménager un gué pour quelque haute personnalité…

Lady Grace vue par ses traductrices

Elle a treize ans. Elle est demoiselle d'honneur de la reine d'Angleterre et, le temps des fiançailles approchant, elle va devoir choisir entre trois prétendants lors d'un grand bal donné tout spécialement pour elle.

Elle, c'est Lady Grace Cavendish. Nous sommes en l'an de grâce 1569.

Entre journal intime et polar léger, ce récit drôle et dansant n'a certes pas la prétention d'être un roman historique. Mais sur fond d'intrigue de cour – et l'auteur nous mène par le bout du nez – nous voici bel et bien au palais de la reine Élisabeth Ire, il y a plus de quatre siècles.

Naturellement, même dans le texte, la charmante enfant ne s'exprime pas dans la vraie langue de (juste avant) Shakespeare : nul n'y comprendrait goutte. Mais son anglais n'est pas non plus celui des collégiens du XXIe siècle, et son univers n'est certes pas le même. Aussi ne faut-il pas nous étonner de trouver sous sa plume d'oie des tournures de phrases inattendues, sans parler de mots inconnus de nous.

En traduction, bien sûr, il n'était pas davantage question de lui faire rédiger ce journal de bord (qui n'a rien d'un *blog*, surtout pas : au contraire, il est clandestin) dans la langue d'alors, le moyen français – celle de Ronsard ou de Montaigne. Mais il fallait tout de même lui insuffler un peu du parfum de l'époque, d'où des expressions et surtout des termes qui peuvent dérouter. Un glossaire en fin de volume est là pour éclairer les choses.

Oserons-nous avouer que c'est l'« accoustrement » qui nous a donné le plus de fil à retordre ? Non seulement se vêtir était en ce temps, surtout à la cour, une affaire capitale et hautement élaborée, mais encore les vocables désignant les innombrables pièces d'habillement n'ont cessé de varier de sens ou de tomber dans l'oubli au fil des âges. Toute la difficulté était donc de ne pas trop alambiquer les choses, sans pour autant commettre de graves anachronismes. (Un exemple de nos états d'âme est le corset dit « à la française », lequel, à l'époque et en France, ne s'appelait pas encore *corset*, mais *corps piqué* ou plus simplement *corps*. Après moult hésitations, nous avons renoncé à faire dire à notre héroïne : « Ouf ! quel soulagement de retirer son corps ! »)

Danses oubliées, potions étranges, mets insolites et jurons comiques, puissent nos lecteurs goûter autant que nous le dépaysement de ce bref séjour à la cour de la grande Élisabeth !

Aurélia Lenoir et Rose-Marie Vassallo

NB : La ballade *Greensleeves* est aisée à trouver, paroles et musique, sur Internet ou chez les fournisseurs de partitions. Les lecteurs curieux seront sans doute surpris de découvrir que ses accents Renaissance leur sont sans doute déjà familiers.

Retrouvez la suite des aventures
de Lady Grace dans :

Une disparition mystérieuse

« *Ma compagne de chambre, Lady Sarah, a disparu. Toute la cour est en émoi. J'ai décidé de mener l'enquête. Après tout, Sa Majesté m'a nommée première poursuivante d'armes ! Et je ne vais pas la décevoir…* »

ROMANS

Tout un monde de lecture
entre les mains.

TITRES DÉJÀ PARUS

Flammarion jeunesse

Chaân, la rebelle (tome 1)
Christine Féret-Fleury

3 500 ans avant notre ère, au cœur de la Préhistoire... Chaân, une jeune fille éprise de liberté, défie les lois de son peuple en apprenant à chasser en secret. Elle est alors rejetée par tous les habitants du village et par son propre père. Chaân semble prête à tout pour conquérir son indépendance. Mais saura-t-elle surmonter les épreuves qui l'attendent ?

« Non, elle ne laisserait personne l'empêcher de vivre à sa guise. S'il le fallait, elle se battrait. Elle supporterait les pires épreuves… »

Le premier épisode des aventures de Chaân.

Flammarion jeunesse

Claudine de Lyon
Marie-Christine Helgerson

Claudine a onze ans, elle travaille dix heures par jour dans l'atelier de son père, à tisser de la soie. Mais cette vie épuise la petite fille qui tombe gravement malade. Pour guérir, elle part à la campagne. Claudine veut retrouver la santé et elle n'a pas envie de retourner à Lyon pour travailler. Ce qu'elle désire par dessus tout, c'est aller à l'école et réaliser son rêve : savoir lire, écrire et surtout dessiner.

« J'en ai assez de recevoir des ordres. Je veux choisir pour moi. Je sais bien ce que je ferai : j'irai à l'école, j'apprendrai des tas de choses et je ferai des dessins encore plus beaux que ceux de Carlo. »

Flammarion jeunesse

De Sacha à Macha
Rachel Hausfater et Yaël Hassan

Derrière son ordinateur, Sacha envoie des mails à des destinataires imaginaires, comme autant de bouteilles à la mer. Jusqu'au jour où Macha répond. Commence alors une bien étrange correspondance, pleine de tâtonnements mais aussi de confidences... Est-ce le début d'une belle amitié ?

« Tu m'as fait une de ces peurs ! J'ai eu l'impression que j'allais tomber dans un gouffre. Tu es la seule personne qui m'ait tendu la main : j'ai besoin que tu me la tiennes encore un peu. Beaucoup. Longtemps. Toujours. »

Jonathan Livingston le goéland
Richard Bach

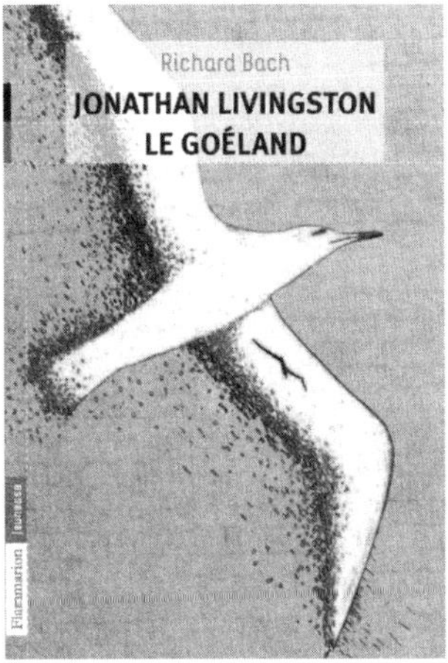

Jonathan Livingston n'est pas un goéland comme les autres.
Sa seule passion, c'est de voler toujours plus vite,
toujours plus haut. Incompris des autres goélands,
il est chassé du clan. Il poursuit, solitaire, sa quête de liberté.
Sera-t-il condamné à vivre son rêve seul ?

« Il remarqua qu'aux vitesses extrêmes plusieurs plumes dressées simultanément le faisait tournoyer comme une balle de fusil… Jonathan venait de réussir la première acrobatie aérienne de toute l'histoire terrestre des goélands. »

Flammarion jeunesse

Jun-ling, une enfance chinoise
Adeline Yen Mah

Orpheline de mère, Jun-ling est le souffre-douleur de sa famille. Ses frères et sa sœur lui reprochent la mort de leur mère et son père la néglige. Soutenue par son grand-père Ye Ye et sa tante Baba, Jun-ling apprend à avoir confiance en elle et à partager leur amour des lettres. Elle y puisera la force de prendre son envol...

« Tu as à l'intérieur de toi quelque chose d'unique, de précieux, je l'ai toujours senti. Tu ne dois pas le gaspiller. Il faut leur prouver qu'ils ont tort. Promis ?
- Juré ! »

Flammarion jeunesse

L'heure du renard

Marie-Claude Bérot

Isa est une petite fille peu ordinaire.
Elle connaît chaque plante, chaque animal, chaque étoile.
Elle aurait même de mystérieux pouvoirs...
Isa aime se réfugier dans la forêt où elle peut écouter
la nature lui souffler ses secrets. Un jour, à la tombée
du soleil, elle rencontre un renard sauvage.
Les destins de la bête et de l'enfant semblent liés...

« - Ne bouge pas, je vais revenir. Tu entends, je vais revenir.
Le renard, comme s'il avait compris, souleva ses paupières
et les laissa retomber. »

Flammarion jeunesse

L.O.L.A.
Claire Mazard

Qui adresse du courrier à Lola sans le signer ?
Pourquoi un inconnu l'a-t-il choisie comme confidente ?
Pour la jeune collégienne, ces lettres anonymes sont d'abord agaçantes, puis touchantes et finalement intrigantes.
Lola décide de mener son enquête.
La réponse est pourtant si proche d'elle...

« À la fin de la troisième lettre, en bas de la page, quelques lignes avaient été rajoutées : Je ne saurais te redire, Lola, combien cela m'aide de te raconter mon histoire. »

Flammarion jeunesse

Imprimé à Barcelone par:

CPI
BLACK PRINT

Composé par Nord Compo Multimédia
7, rue de Fives, 59650 Villeneuve-d'Ascq

Dépôt légal : mai 2012
N° d'édition : L.01EJEN000761.N001
Loi n° 49-956 du 16 juillet 1949
sur les publications destinées à la jeunesse